COLEÇÃO EXCELSIOR

BIOGRAFIAS — MEMÓRIAS — DIÁRIOS — CONFISSÕES
ROMANCE — CONTO — NOVELA — FOLCLORE
POESIA — HISTÓRIA

1. MINHA FORMAÇÃO — Joaquim Nabuco
2. WERTHER (Romance) — Goethe
3. O INGÊNUO — Voltaire
4. A PRINCESA DE BABILÔNIA — Voltaire
5. PAIS E FILHOS — Ivan Turgueniev
6. A VOZ DOS SINOS — Charles Dickens
7. ZADIG OU O DESTINO (História Oriental) — Voltaire
8. CÂNDIDO OU O OTIMISMO — Voltaire
9. OS FRUTOS DA TERRA — Knut Hamsun
10. FOME — Knut Hamsun
11. PAN — Knut Hamsun
12. UM VAGABUNDO TOCA EM SURDINA — Knut Hamsun
13. VITÓRIA — Knut Hamsun
14. A RAINHA DE SABÁ — Knut Hamsun
15. O BANQUETE — Mario de Andrade
16. CONTOS E NOVELAS — Voltaire
17. A MARAVILHOSA VIAGEM DE NILS HOLGERSSON — Selma Lagerlöf
18. SALAMBÔ — Gustave Flaubert
19. TAÍS — Anatole France
20. JUDAS O OBSCURO — Thomas Hardy
21. POESIAS — Fernando Pessoa
22. POESIAS — Álvaro de Campos
23. POESIAS COMPLETAS — Mário de Andrade
24. ODES — Ricardo Reis
25. MENSAGEM — Fernando Pessoa
26. POEMAS DRAMÁTICOS — Fernando Pessoa
27. POEMAS — Alberto Caeiro
28. NOVAS POESIAS INÉDITAS & QUADRAS AO GOSTO POPULAR
    Fernando Pessoa
29. ANTROPOLOGIA — Um Espelho para o Homem — Clyde Kluckhohn
30. A BEM-AMADA — Thomas Hardy
31. A MINA MISTERIOSA — Bernardo Guimarães
32. A INSURREIÇÃO — Bernardo Guimarães
33. O BANDIDO DO RIO DAS MORTES — Bernardo Guimarães
34. POESIA COMPLETA — Cesar Vallejo
35. SÔNGORO COSONGO E OUTROS POEMAS — Nicolás Guillén
36. A MORTE DO CAIXEIRO VIAJANTE EM PEQUIM — Arthur Miller
37. CONTOS — Máximo Górki
38. NA PIOR, EM PARIS E EM LONDRES — George Orwell
39. POESIAS INÉDITAS (1919-1935) — Fernando Pessoa
40. O BAILE DAS QUATRO ARTES — Mário de Andrade

O BAILE DAS QUATRO ARTES

COLEÇÃO EXCELSIOR

Vol. 40

Capa
Cláudio Martins

4ª edição

EDITORA ITATIAIA
BELO HORIZONTE
Rua São Geraldo, 53 — Floresta — Cep. 30150-070
Tel.: 3212-4600 — Fax: 3224-5151
e-mail: vilaricaeditora@uol.com.br
Home page: www.villarica.com.br

Mário de Andrade

O BAILE DAS QUATRO ARTES

EDITORA ITATIAIA
Belo Horizonte

FICHA CATALOGRÁFICA
(Preparada pelo Centro de Catalogação-na-Fonte,
Câmara Brasileira do Livro, SP)

A568b Andrade, Mário de, 1893-1945.
4. ed O baile das quatro artes; 4. ed. Editora Itatiaia, 2005.

198 p.

1. As artes 2. Ensaios brasileiros I. Instituto Nacional do Livro. II. Título.

CDD:869.94
:700
CCF/CBL/SP-75-0882 CDU:869.0(81)-4

Índices para catálogo sistemático (CDD):

1. Artes 700
2. Ensaios : Literatura brasileira 869.94

2005

Impresso no Brasil
Printed in Brazil

SUMÁRIO

O artista e o artesão

A Santa Rosa

(Aula inaugural dos cursos de Filosofia e História da Arte, do Instituto de Artes, da Universidade do Distrito Federal em 1938.)

1938

. . . QUE a arte na realidade não se aprende. Existe, é certo, dentro da arte, um elemento, o material, que é necessario pôr em ação, mover, pra que a obra de arte se faça. O som em suas múltiplas maneiras de se manifestar, a cor, a pedra, o lápis, o papel, a tela, a espátula, são o material de arte que o ensinamento facilita muito a pôr em ação. Mas nos processos de movimentar o material, a arte se confunde quase inteiramente com o artesanato. Pelo menos naquilo que se aprende. Afirmemos, sem discutir por enquanto, que todo o artista tem de ser ao mesmo tempo artesão. Isso me parece incontestável e, na realidade, se perscrutamos a existência de qualquer grande pintor, escultor, desenhista ou músico, encontramos sempre, por detrás do artista, o artesão.

O artesanato, os segredos, os caprichos, as exigências do material, isto é assunto ensinável, e de ensinamento por muitas partes dogmático, a que *fugir será sempre prejudicial para a obra de arte.* (1) E si um artista é verdadeiramente artista, quero dizer, está consciente do seu destino e da missão que se deu para cumprir no mundo, ele chegará fatalmente àquela verdade de que, em arte, o que existe de principal é a obra de arte. Foram os próprios filósofos escolásticos, espantosamente, os que mais claro afirmaram

(1) Está claro: prejudicial para a obra-de-arte, eu digo, e não para o artista. O artista prescinde das leis técnicas, não em benefício da obra de arte, mas de si mesmo. É a frase de Beethoven: "não há regra que não possa ser superada em benefício da expressão". E não virá disto a degringolada da arte, do Romantismo pra cá? Um artista cada vez mais expressivo de si mesmo, e uma obra de arte cada vez mais pessoal e inatingível ao povo?

isso quando, ao porem a arte no domínio do "Fazer", dela disseram ter "uma finalidade, regras e valores, que não são os do homem propriamente, mas da obra de arte a ser feita". (2) Está claro que, especialmente para os escolásticos, mas também para qualquer artista que não se tenha entregue de pés e mãos à estreiteza sem ar da estética experimental, está claro que o ser a obra de arte a finalidade mesma da arte, não exclui os caracteres e exigências humanos, individuais e sociais, do artefazer. Pois a Arte continua essencialmente humana, si não pela sua finalidade, pelo menos "pela sua maneira de operar". (3)

Este problema admirável eu tentarei explicar e esclarecer milhormente à medida que, em lições posteriores, penetrarmos mais intimamente na História da Arte, e nos conceitos estéticos que dela procuraremos tirar; *quis apenas afirmar desde logo esta noção da importância primordial da obra de arte, para mostrar o quanto o artesanato é imprescindivel para que exista um artista verdadeiro.* Artista que não seja ao mesmo tempo artesão, quero dizer, artista que não conheça perfeitamente os processos, as exigências, os segredos do material que vai mover, não é que não possa ser artista (psicologicamente pode), mas não pode fazer obras de arte dignas deste nome. Artista que não seja bom artesão, não é que não possa ser artista: simplesmente, ele não é artista bom. E desde que vá se tornando verdadeiramente artista, é porque concomitantemente está se tornando artesão.

Mas voltarei um dia a comentar esta importância capital do artesanato. Por hoje, quero apenas acrescentar que não se deverá, pelo menos eu não o faço, não se deverá entender por artesanato o que se enten-

---

(2) Maritain, "Art et Scolastique", p. 10.
(3) Idem, p. 11.

de mais geralmente por técnica. O artesanato é uma parte da técnica da arte, a mais desprezada infelizmente, mas a técnica da arte não se resume no artesanato. O artesanato é a parte da técnica que se pode ensinar. Mas há uma parte da técnica de arte que é, por assim dizer, a objetivação, a concretização de uma verdade interior do artista. *Esta parte da técnica obedece a segredos, caprichos e imperativos do ser subjetivo, em tudo o que ele é, como indivíduo e como ser social.* Isto não se ensina e reproduzir é imitação. Isto é o que chamamos a técnica de Rembrandt, de Fra Angelico ou de Renoir, que divergem os três profundamente *não apenas na concepção do quadro, mas conseqüentemente na técnica de o fazer.* (4) Sobre isto lembrarei agora uma boa e curiosa lição contemporânea. E o caso do pintor espanhol Picasso que, vendo um dia um pintor de paredes usar um pincel especial que facilitava e tornava mais rápida a maneira de imitar mármores, exprimiu o desejo de possuir um pincel desses. Lhe fizeram presente de um, e Picasso, depois de demonstrar muita alegria pela posse, utilizou-se do pincel de imitar mármore pra pintar os cabelos de umas figuras. Bem se poderá, por esta anedota, perceber a diferença vasta que existe entre a técnica pessoal e artesanato. Um pincel feito pra pintar imitação de mármore serve para pintar imitações de mármore. Com ele, será mais fácil a um aprendiz aprender a pintar mármore em pintura, bem como, com o uso dele, terá o aprendiz facilitado o seu trabalho. É o artesanato. Já si um professor, porém, ensinar

(4) "Concepção do quadro", é bem já o "estilo", no que Lee chama de "maneira característica de ver as coisas" no que Pauchan chama de "maneira pessoal de mostrar a realidade, de a traduzir ou de a criar". "Mas conseqüentemente na técnica de o fazer" é o que Pauchan continua: "tendo o artista também uma técnica particular".

todos os seus alunos a pintar cabeleiras com pincéis de imitar mármore, fará o maior dos desacertos. Porque a transposição do cabelo, em pintura como em escultura, é principalmente uma expressão individual.

Por quanto acabo de afirmar se poderia pois conceber a técnica de fazer obras de arte composta de três manifestações diferentes, ou três etapas. Uma: o artesanato, a única verdadeiramente pedagógica, que é o aprendizado do material com que se faz a obra de arte. Este é o mais útil ensinamento, o que é mais prático e mais necessário. É imprescindível.

Outra manifestação da técnica é a virtuosidade, digamos assim, na falta de palavra específica. Entendo aqui por virtuosidade do artista criador o conhecimento e prática das diversas técnicas históricas da arte — enfim, o conhecimento da técnica tradicional. Este aspecto da técnica, que é, por exemplo, conhecer como os Assírios, os Gregos, Miguel Anjo ou Rodin resolveram a reprodução do cabelo na pedra ou no mármore; que é conhecer a distribuição das luzes e das sombras, dos tons frios e tons quentes, ou a maneira diversa de pincelar de um Rafael, de um Duerer, de um Greco ou de um Cézanne; que é ainda conhecer a evolução histórica da cadência de dominante desde os primeiros tonalistas até os nossos dias: este aspecto da técnica a que chamei de "virtuosidade" é também ensinável e muito útil. Não me parece imprescindível, porém, e, como toda virtuosidade, apresenta grandes perigos. Não só porque pode levar o artista a um tradicionalismo técnico, meramente imitativo, em que o tradicionalismo perde suas virtudes sociais pra se tornar simplesmente "passadismo" ou, si quiserem, "academismo"; como porque pode tornar o artista uma vítima de suas próprias habilidades, um "virtuose" na pior significação da palavra, isto é, um indivíduo que nem siquer chega ao princípio estético, sempre respeitável, da arte pela arte, mas que se compraz em meros malabarismos de habilidade pessoais, entregue à sensualidade do aplauso ignaro. A técnica tradicional, a virtuosidade técnica, o conhecimento abalizado de como historicamente as épocas e os artistas resolveram os seus problemas de artefazer, é de grande utilidade para o artista. Mas, além dos perigos terríveis que esconde, e que só mesmo uma verdadeira organização moral de artista pode evitar, não me parece seja imprescindível. Por certo os senhores conhecem a anedota espanhola do moço poeta que, desejoso de fazer poemas sublimes, se dirigiu ao maior poeta do tempo e lhe perguntou como é que este fazia versos. E o grande poeta respondeu: no princípio do verso põe-se a maiúscula e no fim a pontuação. "E no meio?" indagou o moço. E o grande poeta: "Hay que poner talento"...

Esta anedota nos convida a compreender a necessidade imprescindível do artesanato e a desnecessidade imediata da virtuosidade. As maiúsculas e a pontuação participam do artesanato da poesia. Mas as diversas soluções métricas, estróficas, sonoras, a própria linguagem poética de Gôngora, de Quevedo, de Encina eram desnecessárias, em princípio. Bastava que no meio do verso houvesse talento, isto é, na acepção em que o grande poeta empregou a palavra, justamente o que não se ensina.

Finalmente, a terceira e última região da técnica é a solução pessoal do artista no fazer a obra de arte. *Esta faz parte do "talento" de cada um, embora não seja todo ele.* É de todas as regiões da técnica a mais sutil, a mais trágica, porque ao mesmo tempo imprescindível e inensinável.

Não poderei insistir longamente sobre ela na conversa de hoje, tanto mais que, em sua sutileza, há muito que distinguir. Será, por exemplo, imprescindível, como afirmei? São numerosos os "exemplos" históricos aparentemente em contrário. Si tomamos a arte egípcia pra estudo, ou a grega, ou mesmo o gótico na escultura, nós conseguiremos com certa facilidade distinguir fases técnicas diversas, mas só raramente, como entre Scopas e Praxiteles, conseguimos perceber soluções técnicas pessoais. (5)

Maspero, numa página muito acertada, preocupou-se em caracterizar e explicar o aspecto de impersonalidade da arte egípcia. Depois de demonstrar que o princípio que regeu os quarenta e tantos séculos da arte egípcia não fora de forma alguma a obtenção da beleza, mas a pesquisa do perdurável que assegurasse aos deuses e aos homens uma vida feliz e eterna, Maspero considera: "De modo geral, ninguém se enganará afirmando que o princípio de utilidade proibia, a quantos exerciam uma arte, assinar suas próprias obras, e conseqüentemente os condenava ao esquecimento. (...) E assim é que, estranhos a este desejo de imortalidade pela glória, cuja ação é tão poderosa em nossos dias, os artistas egípcios, em sua grande maioria, se contentaram de observar em consciência, como si se tratasse de mero ofício, as regras que o ensinamento de seus mestres declarava necessárias ao bem das almas humanas ou divinas. (...) E assim, nessa recusa sistemática em modificar os assuntos e os tipos tradicionais, a não ser no detalhe, o Egito imprimiu à sua arte esse caráter de uniformidade que nos assombra. O temperamento pessoal do indivíduo não se revela sinão por detalhes de fatura quase imperceptíveis, e quem quer estude por alto a

(5) "Egypte", Col. Aro Una, p. 304 e seguintes.

arte egípcia nada mais percebe que essa noção de impersonalidade coletiva (. . .)".

Aliás também poderíamos afirmar de muitas manifestações artísticas, adstritas ao princípio de utilidade, especialmente das adstritas ao princípio de utilidade religiosa, que elas prescindem da técnica individual.

Lembrarei outro argumento muito forte contra a minha afirmativa de que a técnica individual é imprescindível: o exemplo da arquitetura. A arquitetura é de tal forma regida pelo princípio de utilidade, de tal forma ela é condicionada às exigências da engenharia e à prática da vida, que um dos problemas bem discutidos e mais nebulosos da estética é resolver si a arquitetura é realmente uma das belas-artes, ou si entra para o conjunto das artes aplicadas. Ora, a arquitetura, enquanto boa arquitetura, é uma arte que se esquiva muitíssimo à técnica pessoal. Si vemos, por exemplo, o arquiteto Garnier ter um gesto genial de técnica individual resolvendo o problema do teatro, dividindo o edifício em três corpos funcionais distintos, o foyer, a sala de assistência e o palco, logo esta solução se tradicionaliza, é numerosamente usada, e de beleza se transforma em verdade, todos podendo se utilizar dela sem acusação de plágio. Os teatros municipais do Rio e de São Paulo repetem a solução da Ópera de Paris, sem que, por isso, Pereira Passos e Ramos de Azevedo possam ser acusados de plagiários. Na verdade se poderia afirmar, embora um pouco tiranicamente, que, em arquitetura, a criação de uma técnica pessoal bem acusada só serve pra criar obras extravagantes. É o caso da torre Eiffel, em Paris, que os senhores todos conhecem por certo, uma extravagância arrojada, muito própria de exposição universal. É também o caso, muito menos defensável ainda (pois não se trata de uma experiência comprovatória de uma técnica), do arquiteto catalão Antônio Gaudi, criador nosso contemporâneo da escola de Barcelona. Não nego a seriedade, a honestidade deste artista, mas, por mais que o respeite, sou obrigado a ver na sua obra de arquitetura menos arquitetura que o desapoderado espírito separatista da Catalunha. A sua igreja da Sagrada Família, em Barcelona, é bem mais que um pesadelo sentimental e pouco menos que um horror artístico.

Qualquer destes dois exemplos, o da arte egípcia condicionada ao princípio de utilidade religiosa e o da arquitetura condicionada ao princípio de utilidade funcional, é bom argumento de ordem geral pra contradizer a necessidade de uma técnica pessoal. Aduzirei contra eles apenas dois argumentos, também de ordem geral, pois que não é o momento agora pra análises mais particularizadas.

Em primeiro lugar, si é muito mais difícil ou mesmo impossível a um leigo distinguir uma moradia arquitetada por Le Corbusier, de outra inventada por Flávio de Carvalho; si é dificílimo, mesmo a um estudioso longe da fonte, como seremos todos nós, observar as soluções de técnica pessoal entre duas estátuas da catedral de Burgos ou duas outras de tal dinastia egípcia, ao passo que nos é facílimo, mesmo de longe, distinguir um Rembrandt de um Velasquez, um Donatello de um Bernini, ou Mozart de Haydn; nem por isso aquela distinção deixa de existir. A um olho perito as diferenciações não escaparão; e o próprio Maspero, reconhecendo a impersonalidade da arte egípcia, se viu obrigado a acrescentar que "o temperamento pessoal do indivíduo não se revela *sinão* por detalhes de fatura quase imperceptíveis". Por esta confissão se prova pois que a impersonalidade geral não deixa nunca de ceder aos pormenores pessoais de fatura, da mão que treme ao fazer, da criatura que sente ao criar.

Além deste argumento de ordem psicológica, outro, de ordem histórica, se afirma violentamente. É que, si em épocas passadas, em geral muito distantes de nós, os diversos princípios de utilidade dominavam a criação artística e esta sujeitava-se aos ritos, às liturgias inamovíveis tanto de ordem religiosa como de ordem profana, vários elementos foram se desenvolvendo aos poucos no fenômeno da criação artística, foram, por assim dizer, se tornando mais concientes ao artista. Este é o caso da beleza, como elemento intrínseco da arte. Esse é o caso do individualismo como elemento intrínseco do artista.

A noção da beleza está claro que sempre existiu, sendo ela uma das três grandes idéias normativas do ser humano. Apenas, em muitas manifestações artísticas anteriores a Cristo, ou isentas da concepção da primordialidade do indivíduo que o Cristianismo nos trouxe, o princípio de utilidade condicionava de tal forma a criação artística que a beleza era muito mais uma conseqüência que uma das finalidades da obra de arte. A beleza era apenas um meio de encantação aplicado a uma obra que se destinava a fins utilitários muito distantes dela. De outra forma não se compreenderiam as admiráveis pinturas dos homens madalenianos das cavernas de Altamira, na Espanha. Em recantos escuríssimos, onde não penetra a luz do dia, os caçadores da rena esconderam obras de arte perfeitas como realismo e espírito de síntese. Ora, a beleza nas artes plásticas requer, antes de mais nada, luz que a faça viver. Certamente essas pinturas admiráveis não se destinavam à contemplação humana; eram utensílios quer de religião, quer de magia, tinham uma utilidade prática, para aqueles homens, imediata. E a beleza era naquelas pinturas das cavernas uma resultante da necessidade de tornar a pintura um utensílio místico capaz de servir.

E ocasionada por estes princípios primordiais, sempre reconhecida, mas desigualmente aplicada, mais conscientemente procurada entre gregos e romanos que entre egípcios e assírios, mais pretendida entre os polinesianos que entre os negros do Benin, só mesmo com o Renascimento, já na era cristã, é que a beleza principiou se impondo como finalidade, nas artes plásticas. Desde então, e cada vez mais, ela se tornou o objeto principal de pesquisa para o artista, e, por uma conversão natural de conceito, a beleza, pesquisada por si mesma, se tornou essencialmente objetiva e experimental, materialista por excelência, pra não dizer por exclusividade.

Peço desculpa de apresentar assim abruptamente um problema de tamanha delicadeza crítica, como é este da rápida, da verdadeiramente brutal materialização da beleza, causada no Renascimento pela revalorização, ou milhor, pela colocação nova da beleza dentro do problema da criação artística. Deverá ser este um objeto de pesquisas cuidadosas em nossas aulas.

Por hoje, apenas uma pequena consideração, novamente sobre os gregos e egípcios, vai nos dar uma prova em bruto de que a primazia assumida pela beleza na criação artística, durante o Renascimento, tornou-a imediatamente experimental e, por conseqüência, materialista e quase exclusivamente técnica. Contemplemos o chamado "nariz grego" ou o hieratismo da escultura egípcia. Buscando os egípcios figurar na pedra indivíduos ou deuses que iriam, por meio de uma de suas almas, de um dos seus "Ka", como eles diziam, habitar aquela pedra figurada, simplificaram ao mais possível a escultura, pra que ela resistisse o mais possível, ou mesmo eternamente, à corrupção do tempo. Daí ter a escultura em pedra dos egípcios obedecido o mais possível às exigências da pedra. Porque sendo a pedra resistente ao tempo, resistiria a escultura que lhe conservasse as propriedades mais intrínsecas. E assim a escultura egípcia tomou aquele maravilhoso caráter hierático, aquela dureza, aquela rijeza inamovível, de uma serenidade, de uma eternidade incomparáveis. Há realmente um quê de humano sobrehumano nessas figuras sublimes. Nelas reside realmente, desculpem o exagero, nelas reside realmente uma alma, porque essas estátuas apresentam, como nenhumas de outras épocas, nem mesmo os budas asiáticos, a noção de eternidade.

Com os gregos, já estamos num outro mundo, mais atento às forças da vida terrestre. Mas esta vida terrestre pra eles é ainda uma vida de rito, porque profundamente social. O indivíduo era pouco ou nada concebido lá. Assim, si a escultura grega abandona de uma vez o problema da eternidade e se torna muito mais naturalista, porque os gregos já estavam muito mais orientados pelas sensualidades da vida terrestre, jamais a estatuária grega da grande época se tornou realista, porque a determinava um conceito social da vida. Imitadores do corpo humano, e não apenas baseados nele como os egípcios, os gregos da grande época jamais conseguiram descobrir, no corpo humano, o indivíduo. Ao invés de tipos, criaram protótipos, transportando a realidade a uma idealidade superior, de ordem utilitária e de função social unitarista, unionista, unanimista. Daí o nariz grego, essa fusão perfilar de testa e nariz a uma linha praticamente reta, que se tornou um ideal de beleza, por todos repetido.

Mas o sentimento de eternidade, dos egípcios, como o nariz reto, dos gregos, criticamente falando, não eram apenas um ideal de beleza, *eram também uma beleza ideal.* Quero dizer: a sensação de beleza que essa estatuária nos dá, não tira o seu alimento apenas das linhas, dos volumes, dos claros-escuros, etc., sinão que se alimenta também de necessidades outras, de exigências espirituais do indivíduo e sua finalidade. É um ideal necessário à coletividade. Estamos por certo aqui em dois momentos dos mais sublimes, dos mais complexos e completos, dos mais perfeitos da arte tendo como finalidade a obra de arte, condicionada aos destinos totais de ser humano que a faz.

Ora, no Renascimento, especialmente já no alto Renascimento, com Ticiano, com Velasquez, com Rubens, com Rembrandt, com o Poussin, si cada vez mais o "ideal de beleza" plástica é procurado, raramente encontraremos essa noção da "beleza ideal". A beleza se desidealiza, a beleza se materializa, se torna objeto de uma pesquisa de caráter objetivo, ao mesmo tempo que o individualismo se acentua. Nem se pode mais decidir com clareza si, nas artes plásticas pelo menos, o individualismo é uma conseqüência da materialização da beleza, ou si esta é uma conseqüência daquele, de tal forma ambos se deduzem um do outro. Apenas o que podemos verificar historicamente, dos tempos do Renascimento até nossos dias, é que si a beleza meramente objetiva é um conceito que não se submete a uma progressão gradual, é mais consciente nuns e menos noutros artistas, não sofre o que propriamente se chamaria de evolução, pelo contrário o individualismo veio se acentuando sempre cada vez mais, até culminar no desbragado experimentalismo contemporâneo, que tanto experimenta objetivamente, com o cubismo e os abstracionistas, como subjetivamente com o expressionismo e os superrealistas.

Sem dúvida esta compreensão crítica exposta aqui parece que se opõe fortemente àquele convidativo pensamento (6) de Eugênio d'Ors que dá como origem da arte contemporânea o conflito entre a sabedoria grega e a inquietação ibérica. Si o grego sujeitava o belo às suas regras, o ibero foge constantemente das dele; o grego é repouso, o ibero, movimento; o primeiro goza plenamente do seu ser humano, ao passo que o segundo sente que o homem só é verdadeiramente homem sob a condição de se ultrapassar a si mesmo e se erguer até junto da divindade. Realmente, tenho bastante medo destas antíteses bem achadas, que pelo seu brilho são muito facilmente confundidas com a verdade. Mas, naquilo que o pensamento do espanhol tem de acertado, a maior, a esplêndida sabedoria grega que soube sujeitar o ideal da beleza às regras duma beleza ideal, e na maior inquietação perquiridora do mundo latino: o pensamento de Eugênio d'Ors em nada se opõe ao que afirmei. Apenas vejo que, do Renascimento aos nossos dias, há uma como que materialização geral da pesquisa artística, em que o homem, como atitude, menos que erguer-se até a divindade, busca participar da natureza desta mesma divindade. E, com efeito, por milhares de vezes teremos visto nos livros, nos jornais e nos discursos, essa frágil e fácil confusão do artista criador com o Deus criador — mero jogo de atributos parcialmente identificáveis. Pra não dizer, mero jogo de palavras...

---

(6) In F. Lèfevre, "Les Matinées du Hètre Rouge", p. 32.

Ora, com essa pesquisa experimental da beleza e com esse individualismo, que se impuseram na arte desde o Renascimento, a técnica pessoal tomou importância não só de grande primazia, como de verdadeira fatalidade. Não se trata mais apenas daqueles "detalhes de fatura quase imperceptíveis" que Maspero denunciava dentro da vasta impersonalidade da arte egípcia, é antes de mais nada uma consequência do espírito do tempo, uma necessidade imperiosa e imprescindível do vastíssimo personalismo da arte contemporânea. E si sempre existiram e são psicologicamente fatais as minúsculas diferenciações da fatura, essa técnica pessoal, *essa procura técnica de resolver o seu problema pessoal diante da obra de arte,* se acresceu contemporaneamente de mais essa outra igualmente imperiosa fatalidade, que é o espírito do tempo. É verdadeiramente dramático, é sobre todos trágico o aspecto da arte contemporânea, sob este ponto-de-vista. Vêm os modernos, vêm os modernistas, vêm os futuristas, os cubistas, todos eles de bandeiras novas na mão. Esses ao menos têm a lealdade de se dizerem representantes do espírito do tempo. Mas da outra banda nos chegam os reacionários, os que se revoltam contra os modernos em nome de não sei que "leis eternas da beleza"; vêm mesmo os que se intitulam de "antimodernos", ingenuamente virtuosísticos, falando em nome do passado, ou da tradição, ou apenas do bom-senso. Ou ainda, mais vaidosamente, em nome apenas do senso-comum! Na verdade não são todos estes, reacionários, tradicionalistas ou antimodernos, sinão representantes fatais do mesmo espírito do tempo, e cada um deles *traz sua receita, sua solução, sua verdade pessoal.* (7)

---

(7) É exatamente a "verdade interior" de que falei atrás, pois ninguém procura solucionar os problemas que não imagina ter. Si a

Não temos que aprofundar nem levar mais longe o problema, para reconhecer a necessidade imprescindível de uma técnica pessoal. O espírito do tempo a exigirá de quantos se queiram artistas criadores legítimos.

Mas esta técnica pessoal é inensinável, porém; cada qual terá que procurar e achar a sua, pra poder se expressar com legitimidade. E não derivará disso, não digo a grandeza de manifestações diversas da arte contemporânea, mas a incontestável desorientação, o incontestável caos, o "caoticismo" da arte atual?... Estou convencido que não. A técnica, por mais que ela possa ser concebida como expressão de um indivíduo e da sua atitude em face da vida e da obra de arte, não pode de forma alguma levar ao caos e à desorientação. Não pode, simplesmente porque ela é um fruto de relação entre um espírito e o material. E si, psicologicamente, podemos conceber um espírito tão vaidoso de suas vontadinhas que se sujeite, que se escravize às mais desbridadas liberdades, a matéria por seu lado, isto é, a pedra, o óleo, o lápis, o som, a palavra, o gesto, a tela, o pincel, o camartelo, a voz, etc., etc., tem suas leis, porventura flexíveis mas certas, tem suas exigências naturais, que condicionam o espírito. A "técnica", no sentido em que a estou concebendo e me parece universal, é um fenômeno de relação entre o artista e a matéria que ele move. E si o espírito não tem limites na criação, a matéria o limita na criatura.

O caoticismo, a desorientação de grande parte das artes contemporâneas não deriva da variabilidade maravilhosa da técnica pessoal; deriva, sim, a meu ver, em muitos artistas, da ausência de uma atitu-

sétima de dominante foi um problema para Monteverdi, não o poderá mais ser pra Francisco Mignone.

de... mais ou menos filosófica. Deixem passar este "mais ou menos", que se explicará logo. E é para a obtenção desta atitude "mais ou menos" filosófica em face da arte, que intervêm o espírito desta universidade e as conversas deste curso.

Iniciando as minhas aulas, quero prevenir, desde logo, que serei muito mais um comentador que um teórico. Vou apenas ensaiar um sistema de conversas que, através da História da Arte, consiga dar aos meus companheiros de curso, muito mais uma limitação de conceitos estéticos que uma fixação deles. Um curso que, pelo seu aspecto de experimentalismo crítico sobre a História da Arte, será muito mais o convite à aquisição de uma séria consciência artística que a imposição de um sistema estético, de uma Estética perfeitamente orgânica e lógica e, por isso mesmo, para o artista, asfixiante e enceguecedora.

Sem dúvida, uma orientação assim poderá ser porta aberta ao ecletismo, em todo o mau sentido que possa ter esta palavra: o ecletismo, que é acomodatício e máscara de todas as covardias. Mas a limitação dos conceitos estéticos, a aquisição de uma verdadeira atitude artística, deverá evitar os males do ecletismo.

Mas por que a gente preferir apenas a aquisição de uma consciência artística, ao invés de uma Filosofia da Arte, orgânica e possivelmente lógica?... Porque estamos aqui entre pessoas que se destinam a artistas; e não cabe ao artista, a meu ver, pelo menos é perigosíssima, a fixação de um sistema filosófico da arte, que lhe iria limitar a um dogmatismo científico a liberdade incontestavelmente mais trágica da arte. Maurice Blondel (8) diz muito bem que "si a estética fosse considerada como uma espécie de metafísica

(8) In F. Lèfevre, op. cit, p. 24.

nocional ou de superintendência, feita para embridar artistas, milhor seria destruí-la. Muito antes que ser subjugada por abstrações, a atividade artística deve contribuir pra que nos libertemos delas, pois é justamente a atividade artística que nos abre um dos caminhos mais penetrantes de introdução ao ser. Ela é que, concorrendo a uma 'ciência do singular' e ao progresso, à salvaguarda do pensamento concreto, esposa e fecunda a metafísica verdadeira, ao invés de se escravizar à ideologia".

Ao artista cabe apenas, é imprescindível a meu ver, *adquirir uma severa conciência artística que o... moralize, si posso me exprimir assim.* Só esta severa atitude, antes de mais nada humana, é que deve na realidade orientar e coordenar a criação. Shulze Soelde (9) lembra, em boa metáfora, que para o esteta a beleza é uma criada que o serve, ao passo que para o artista é uma criança de que ele se utiliza. Si esta não será a verdade inteira, a imagem serve bem pra caracterizar o lado de obediência do artista diante de elementos que têm pra com ele a complexidade, a variabilidade, a inconstância e a independência da própria infância. A História da Arte está aí para demonstrar a verdade desta afirmativa. Jamais um artista legítimo se prendeu ao dogmatismo de uma estética perfeitamente orgânica. Esta cabe aos filósofos; e todas as doutrinas estéticas até agora jamais puderam explicar ou mesmo aceitar todas as obras-primas da humanidade. Jamais os artistas verdadeiros ficaram, em suas obras, nos limites doutrinários que se prefixaram. Foram sempre além, saltaram sempre fora das limitações preestabelecidas. Lembrarei mais uma vez aqui o exemplo clássico do Hu-

(9) "Das Gesetz der Schonheit", p. 14.

manismo, querendo repetir em toda a sua estética a tragédia grega, e criando a ópera italiana? Lembrarei mais apenas, como caso contrário, a frieza aplicada do Pré-rafaelismo inglês, um dos poucos exemplos históricos de um sistema estético dogmaticamente expresso em arte. Mas entre esta expressão legítima da mediocridade e os italianos anteriores a Rafael, vai um mundo. *É porque realmente, em arte, a regra deverá ser apenas uma norma e jamais uma lei. O artista que vive dentro de suas leis será sempre um satisfeito. E um medíocre.*

E por que, como disse, pretenderei dar aos meus discípulos muito mais uma limitação de conceitos que uma fixação deles? Aqui a resposta é bem mais grave e difícil. Ousarei, primeiramente, afirmar que jamais pude me prender a conceitos perfeitamente nítidos do Belo, da Arte, da Criação, do Artista, do Espectador, *da Técnica,* do Sentimento ou da Expressão, da Matéria e da Forma?... Essa é a verdade porém. Devo confessar preliminarmente que eu não sei o que é o Belo e nem sei o que é a Arte. Através de todos os filósofos que percorri, num primeiro e talvez fátuo anseio de saber, jamais um conceito deixou de se quebrar diante de novas experiências. Eu não sei o que é o Belo. Eu não sei o que é a Arte. E no entanto, incapaz de conceituá-los com firmeza, seria, não modesto, mas perfeitamente injusto com o meu espírito e traidor dos que me trouxeram a esta cadeira, si negasse sentir, direi mais, intuicionar o que são arte e beleza.

Eu tenho em minha casa uma coleção bem regular de cabeças esculpidas. São cabeças talhadas em madeira por índios civilizados de Pernambuco, são ex-votos surripiados de igrejas antigas, são cerâmicas colhidas em cemitérios de escravos, são bronzes de escultores eruditos ou modelagens infantis. Uma feita um escultor, em visita, separou um busto em madeira, vindo da Meirim pernambucana, e uma cabeça de barro cozido encontrada num cemitério de Campinas. E me disse: "Estas duas cabeças são esplêndidas, têm um espírito"... Concordei perfeitamente com a observação do escultor. Aquelas duas cabeças tinham um "espírito"... Depois, só comigo, me pus pensamenteando: O que queria dizer exatamente essa palavra "espírito", bastante comum em crítica de arte e na terminologia dos artistas? Simples calão de ateliê? Mesmo assim, qual o conceito perfeitamente nítido dessa palavra? Significaria "vida interior?" Certamente não significaria somente isso, nem inteiramente isso. Significaria uma nobreza rítmica de linhas que, abandonando a chatice realística, como que espiritualizava as formas, deixando-as flutuantes entre a verdade e o nosso pressuposto de perfeição? Também não era somente isso, nem isso inteiramente. É preferível ficar na entressombra fecunda, que é só onde podem nascer as assombrações. A fixação dos conceitos nos levaria fatalmente a uma organização sistemática do nosso pensamento artístico, nos levaria a uma Estética, nos levaria a filósofos, sinão a filosofantes, e não aos artistas que devemos ser.

Já uma limitação de conceitos, não é apenas necessária aos artistas, mas imprescindível. Sem isso, creio não se poderá nunca ser artista verdadeiro. Principalmente em nosso tempo, em que campeia o individualismo mais desenfreado, e o artista se tornou um joguete de suas próprias liberdades. Mesmo nos países de organização social ditatorial, como a Rússia ou a Alemanha, as restrições até agora impostas à liberdade do artista são restrições meramente sociais. Pra não dizer, meramente ditatoriais.

Quero dizer: não derivam de forma alguma das necessidades da obra de arte e do múltiplo e obscuro destino da arte. Não derivam de um justo equilíbrio entre a arte e o social, entre o artista e a sociedade. Derivam só do social, derivam só da necessidade de se defender, que têm as instituições novas. De forma que o artista, pelo menos por enquanto, dentro dessas sociedades ditatoriais, não adquiriu aquela humildade, aquele retorno a mero artesão que teve no Egito e mesmo na Idade Média. Deixa de ser um artista livre e não retorna a anônimo artesão. Transformou-se essencialmente num orador de comício, mais ou menos pragmaticamente disfarçado sob a máscara da arte. Enfim, ao invés de uma atitude estética (10), ele assume uma atitude social. O equilíbrio ainda não se conseguiu, como o prova até a própria obra trágica e maravilhosa desse genial Chostacovitz.

E é justamente isto que uma limitação de conceitos estéticos deve e pode dar ao artista: uma atitude estética diante da arte, *diante da vida.* E é isso justamente, essa atitude estética, o que falta à grande maioria dos artistas contemporâneos: essa contemplação, essa serenidade oposta ao enceguecimento de paixões e interesses, como a caracterizava Schiller. *E é justamente por isso que também, numa enorme maioria, eles puseram de lado essa importantíssima parte do artesanato que deve haver na arte, que tem de haver nela pra que ela se torne legitimamente arte.*

Si desde a Grécia, pelo menos, percorremos as confissões, os escritos, os ditos dos artistas verdadei-

---

(10) Falo "estética", não enquanto "ciência do belo", mas por ser fundamentalmente a beleza o elemento normativo diferenciador do fenômeno artístico.

ros, mesmo os que menos se confessaram, vemos sempre que todos eles tiveram conscientemente uma atitude estética diante da arte que faziam. Descobrimos em todos eles, mesmo nos que nos parecem mais fatalizados pelas deformações do tempo ou das liberdades pessoais, como um Miguel Ângelo, um Mozart, um Goethe, descobrimos em todos eles uma segura vontade estética, uma humildade e segurança na pesquisa, um respeito à obra de arte em si, uma obediência ao artesanato, que já não me parecem existir na maioria dos contemporâneos.

Quando deixei São Paulo se abrira lá o Salão de Maio, interessantíssimo, apaixonante mesmo, pela multiplicidade e uniformidade das suas manifestações. O Salão de Maio é admissível apenas a artistas "modernos" — e a meu ver, ele é um exemplo excelente da arte contemporânea, sob o ponto-de-vista que tratamos: a falta de uma verdadeira atitude estética na maioria dos artistas vivos. À primeira vista se tem a impressão de uma pesquisa humilde e apaixonada, quer da expressividade do material, quer da expressão do nosso ser interior. Mas, à medida que se examina mais profundamente esses técnicos pretendidamente obedientes aos mandos do material, ou esses abstracionistas pretendidamente obedientes aos efeitos estéticos das construções, ou esses sobrerrealistas pretensamente obedientes ao subconciente, ao sonho, às associações de imagens, a gente percebe que quase todos eles, embora sinceríssimos, são muito menos pesquisadores que orgulhosos afirmadores de si mesmos.

O que lhes determina a ação não é, de forma alguma, aquela vontade estética, aquela atitude estética, que determinou a obra, na aparência tão individualistamente afirmativa, de um Greco, de um

Rembrandt, ou mesmo de um Canova. Em vez de uma vontade estética, o que domina a maioria dos artistas do Salão de Maio é *uma vaidade de ser artista*. Em vez de uma atitude artística, é uma atitude sentimental. De forma que pra eles a obra de arte quase desaparece ante essa desmedida inflação e imposição do eu. Não pesquisam, em verdade, sobre o material. Não pesquisam siquer sobre si mesmos, o que também pode ser uma atitude estética. Não são pesquisadores. São escravos da determinação contemporânea *de que é preciso pesquisar*. E o resultado é esse engano de descobrirem, descobrirem não, de imporem uma ou outra suposta verdade. E imporem, afirmarem essa verdade numa obra de arte, que não é mais o objeto de uma pesquisa, mas apenas o veículo de uma mais ou menos gratuita afirmação. Um grande, um doloroso, um verdadeiramente trágico engano.

Há uma incongruência bem sutil em nosso tempo. Na história das artes, estamos num período que muito parece ter pesquisado e que, no entanto, é dos mais afirmativos, dos mais vaidosos, dos menos humildes diante da obra de arte. Há, por certo, em todos os artistas contemporâneos, uma desesperada, uma desapoderada vontade de acertar. Mas a inflação do individualismo, a inflação da estética experimental, a inflação do psicologismo, desnortearam o verdadeiro objeto da arte. Hoje, o objeto da arte não é mais a obra de arte, mas o artista. E não poderá haver maior engano.

Faz-se necessário urgentemente que a arte retorne às suas fontes legítimas. Faz-se imprescindível que adquiramos uma perfeita consciência, direi mais, um perfeito comportamento artístico diante da vida, uma atitude estética disciplinada, apaixonadamente insubversível, livre mas legítima, severa apesar de insubmissa, disciplina de todo o ser, para que alcancemos realmente a arte. Só então o indivíduo retornará ao humano. Porque na arte verdadeira o humano é a fatalidade.

Romantismo musical (*)

A Helena Rudge

(*) Conferência Literária, 1941.

É certo que o título que encabeça este escrito delimita bem o meu assunto a uma fase histórica mais ou menos fechada da música, mas, preliminarmente, estou imaginando que "romantizar", em música, é alguma coisa mais que uma estética e muito mais vago que uma escola... Creio mesmo que, para a música, seria bem mais esclarecedor e compreensivo si se entendesse como romantismo a combinação sonora que pretende que os sons musicais sejam palavras, e não exatamente sons inarticulados de vibrações isócronas.

Em princípio, semelhante concepção parece uma absurdidade, mas de-fato não o é. Aliás, nem pretendo atacar ou defender a música romântica, o que seria pelo menos uma anacrônica impertinência. Mas na verdade, em seu período histórico, como em qualquer época ou indivíduo, o que essencialmente caracteriza o espírito musical "romântico" é mesmo essa pretensão de atingir, por meio de sons inarticulados, o domínio da inteligência consciente, isto é, justamente o vaidoso domínio que só se manifesta por meio dos sons articulados, por meio das palavras.

Ora, eu me vejo tentado a acreditar que nesta pretensão de fazer com que um ré bemol ou um intervalo de terceira funcionem em nossa inteligência como uma imagem objetiva, uma idéia abstrata ou mesmo um pensamento, não existe preliminarmente nenhum confusionismo, nem siquer alguma abusiva troca de valores. Haverá quando muito uma dilatação de limites, uma elasticização de limites entre os poderes dos sons articulados e inarticulados, dilatação bastante compreensível, explicável e que jamais poderemos dizer até que ponto abusiva, por ser impossível a determinação dos limiares. Em que limiar a emissão do som vocal consegue se transformar na mais minúscula e primária imagem consciente? Em que limiar tais imagens se sistematizam e se definem economicamente pela emissão do som verbal, abandonando o valor musical?

No Amazonas, em certas regiões mais despidas do homem branco e de seringais, quando o navio de fundo chato subia arquejando, junto à margem, buscando os remansos por lhe ser impossível vencer a corrente do meio do rio, às vezes eu escutava frágeis mas penetrantes assovios humanos, nascidos do mato sem ninguém. Outros assovios secundavam longe. Me explicaram serem tapuios mestiços semi-civilizados, totalmente inofensivos, se entrecomunicando a respeito do navio que vinha. Eu escutava essa música... romântica, simples conversa entre tapuios; e si, por um lado, pra eles essa música era uma real conversa econômica de vida social, por outro lado, ela me falava, não tem dúvida nenhuma que falava ao consciente, com uma violência associativa enorme, em que era muito Hans Staden, quase um I-juca-pirama, e um bocado também, desculpem, Ceci salva das águas num bom navio confortável. Se conta ainda que, no Nordeste, por meio dos seus cantos de aboiar, os vaqueiros chegam às vezes a se corresponder de engenho a engenho, de fazenda a fazenda, se dizendo coisas e dizendo coisas aos seus bois. Poderia multiplicar ao infinito os exemplos e lembrar a musicalidade das linguagens infantis e dos primitivos. E todas estas músicas românticas, cujas palavras são freqüentemente puros sons inarticulados, às vezes musicalíssimos, têm uma origem legítima, têm uma base biológica natural, o grito. O grito primitivo dos primeiros homens — esse um só grito de que provieram os sons inarticulados e os sons articulados, o ré bemol e a palavra, a música e o verbo.

Agora suponhamos: Si quando os seres humanos principiaram se servindo da emissão vocal para expressar as primeiras imagens e idéias (que, si não me engano muito, foram "meu" e "eu quero"...), si, em vez de roucos sons articulados, tais forças primordiais da vida se expressassem convencionalmente por sons musicais, mais ou menos equiparáveis a um sol ou fá contemporâneos; si logo em seguida as idéias coletivistas da "amiga" e do "amigo" se tivessem tornado concientes ao homem peludo pela convenção de intervalos, bons intervalos ascendentes por certo e bem dinâmicos, a "amiga" no mais trabalhoso intervalo de quinta, dó-sol, e o "amigo" mais conclusivamente no intervalo sol-dó, assim se completando a base pacífica das nossas harmonias sociais; si, enfim, tivessem os primeiros homens escolhido convencionalmente os sons musicais para dicionarizar na consciência as imagens e os juízos: nós hoje estaríamos nos comunicando uns com os outros por meio de árias e cantiguinhas, melodias infinitas, hinos e até marchas totalitárias, ao passo que viríamos a concertos escutar a divina arte pura do palanfrório, bulhas escancaradas de mercados e os discursos políticos. Seria triste... Mas devo estar romantizando.

A música não sabe nem conseguirá jamais saber quais os seus limiares expressivos. É tão forte e de tal forma imprevisível o seu dinamismo encantatório e o seu poder associativo e metafórico, que ela, si não consegue se realizar em juízos definidos dentro de nossa compreensão, no entanto vaporosamente se divulga, se derrama por muitos escaninhos da nossa consciência e assume, não as formas, porém os fantasmas e os mais profundos avatares do juízo.

E tanto isso é verdade que nos basta lembrar o homem talvez mais inteligente dos tempos modernos, e imagino que todos logo perceberam que estou me referindo a Goethe. Pois este grande homem, que alcançou uma lucidez incomparável de inteligência consciente, que chega por vezes a ser repulsiva em sua tamanha libertação, esse grande homem que entendeu tudo e creio demasiadamente, uma coisa, talvez única, não entendeu: a música. Goethe foi o maior antimusical que jamais existiu sobre a terra em tempo de paz. E isso nos fornece uma boa medida da música, da mesma forma que explica o astucioso Ulisses de Weimar.

Goethe, não é que detestasse a música exatamente, pelo contrário, ela muitíssimo o preocupou. Mas, ainda como o herói homérico, Goethe pretendeu escutar o canto das sereias, mas se amarrou à mastreação do barco, pra não se perder, encantado por elas. E por isso ele não entendeu nada a sereia musical que, justamente com os primeiros luscofuscos do Romantismo, principiava entoando o seu mais enfeitiçante e traiçoeiro canto de magia. Não a entendeu nada, não soube ter a menor espécie de discernimento; e se alagando em moxinifadas estéticas sobre a canção, se dispersando em mil e uma opiniões contraditórias sobre obras musicais e compositores, só pôde gostar mesmo foi de músicos mais que medíocres, um Philipp Christoph Kayser ou Zelter. E do próprio Reichard, que no entanto era já um seguro passo à frente na constituição do "Lied" artístico e profetizava Schubert, Goethe o admirou por etapas e bambamente. A Schubert nem deu resposta quando este lhe mandou suas canções em 1825.

Para a inteligência intransigentemente intelectual de Goethe, a música verdadeira, as forças, as potencialidades e mistérios da música, o assombravam e assustavam. Talvez mesmo ele a invejasse em segredo, convencido dos limites convencionais da palavra humana, como expressão... Pelo menos, alguma vez por outra, em explosões incontidas e raríssimas, o vemos entregar os pontos diante das fugas de Bach, delas dizendo que são "uma matemática iluminada". Ou, mais pobremente preso à sua irredutível consciência, mas de alguma forma sempre poetizando (à feição do cego a quem sendo explicada a cor vermelha, a assimilava ao toque da trombeta) quando explicou que a música de Bach era "como si escutássemos, de longe, o mar fremindo". Aliás é delicioso estudar esse "de longe" do mestre. Da mesma forma com que não estando no convulsionamento deles, mas os contemplando "de longe", os mais estupefacientes ruídos e cataclismas da natureza são organizados por nós em dados de compreensão intelectual, a música era um "de longe", uma quase confessada organização atingindo o próprio consciente, uma "linguagem" que talvez Goethe temesse que ela fosse por si mesma. Pelo menos em consciência, já lhe recusara esse poder, nas suas digressões sobre o que devia ser a música da canção. E ainda mais típico desses temores e dúvidas de Goethe é aquela passagem admirável de sua vida em que Mendelssohn rapaz lhe traduz ao piano a "Quinta Sinfonia" de Beethoven. O septuagenário se mexe incomodado na poltrona e estoura nesta confissão tão confusionista como maravilhosa: "Grandíssimo!", acrescentando logo depois, porém: "Ganz toll!", música de louco!... Para ele, essa música que o convulsionava, que parecia lhe falar, mas que o raciocinador inveterado não conseguia reduzir aos dados e formas da inteligência lógica, só podia ser mesmo "ganz toll", completamente doida, uma linguagem maluca, um transvazamento para os domínios estupefacientes da insensatez.

E esse valor da música misteriosa, essa sua maneira de ser que a faz se manifestar pelos mesmos princípios gerais da palavra falada e, ao mesmo tempo, nos convulsionar tão profundamente o ser que nos obriga a verificar a nossa comoção como si esta fosse um dado efusivo do conhecimento; esse valor da música misteriosa é que no homem dos fins dos Setecentos, fragilizado pelas formidáveis transformações da sociedade e obrigado pelas circunstâncias novas da existência, subiu para o primeiro plano da criação artística musical. A música se tornou agora a "expressão dos sentimentos" e a adquiriu o dom da fala. (1)

Mas é preciso não generalizar por demais. Os românticos, especialmente os gênios e os que melhor souberam penetrar a natureza da música em seus escritos, não chegam a confundir a "palavra" musical e a palavra falada. Todos eles estão bem conscientes de que se trata de uma linguagem e, mesmo, duma linguagem do espírito, mas se trata de uma linguagem especialíssima que carece não igualar à linguagem falada, mas que é superior a esta. Esse é o pensamento de E.T.A.Hoffmann, por exemplo, quando escreve que "a música desvenda ao homem um reino desconhecido, um mundo que nada tem de comum com o da percepção dos sentidos que o circunda e

(1) Os "Elementos de Música" de Bonifácio Asioli, traduzidos por Antônio Luiz Fagundes, desconfio que foram um dos primeiros livros sobre música publicados no Brasil. Saíram da tipografia de P. Plancher, Impressor de Sua Majestade Imperial, em 1824, no Rio de Janeiro. Neles já vem esta definição peremptória, de que o grifo é meu: "A música he uma bella arte, que exprime *qualquer sentimento* mediante o som".

ao qual a música abandona, por meio de sínteses, os sentimentos conscientes, reservando para si mesma o que a palavra não pode exprimir". Quando se repetiu isso depois...!

Sem me dar ao trabalho de procurar mais confissões como essa, facílimas de encontrar entre compositores e escritores românticos, anoto ainda, com Ernst Buecken, aquela página admirável de Schumann, em sua crítica à "Sinfonia Fantástica" de Berlioz, em que ele se manifesta sobre a maneira romântica de conceber a música e os limites de expressividade desta. Também o genial cantor de Zwickau acha errado se imaginar que o músico escreve suas obras na intenção de escrever ou pintar uma coisa, qualquer dado restritamente consciente. Mas assim como, ao lado do ouvido a vista continua agindo, não há negar que atuem sobre a criação puramente sonora as influências externas. A música será tanto mais elevada e impregnante, quanto mais se confundirem na *fantasia* do compositor imagens e pensamentos, manifestações plásticas ou poéticas que tenham com a música qualquer espécie de afinidade.

E essa é a própria essência, a própria estética, a palavra de ordem principalíssima em que se baseia toda a milhor criação romântica. Em verdade, ela se despreocupa da imagem sonora (tema, motivo, a melodia em si), tão evidenciada, talvez mesmo com algum excesso, pelos clássicos, para descobrir a *idéia musical*. A música é uma linguagem que vai além da linguagem, apta a exprimir o inexprimível, enfim, a linguagem do inexprimível, que nos torna apercebidos, embora não conscientes, de tudo quanto a palavra não sabe dizer.

Não era exatamente um preconceito, mas daí surgia toda uma nova mística musical, com todas as forças associativas, sugestionadoras e encantatórias de uma legítima feitiçaria macumbeira. E é certo que, além de valores técnico-dinâmicos, fáceis de discernir e de especificar, dissonâncias novas, novas expressividades virtuosísticas, instrumentalismos novos, etc., que vinham tornar a música romântica mais fisiologicamente impressiva que em geral toda a música anterior, é certo que além disso um valor interno, indiscernível por palavras técnicas, se integrava nessa música. Valor que desde Schopenhauer, creio, se veio chamando de "Idéia Musical" — essa "idéia musical" de que Wagner primeiro e modernamente Paul Bekker iriam rastrear o surgimento em Beethoven; e que levaria um dos estetas dos nossos dias, Combarieu, a definir a música como a "arte de pensar *sem conceitos*, por meio de sons". Valor novo e enfeitiçante, que atiraria a música aos extremos limites do individualismo; valor muito mais mágico que esse *ethos*, igualmente falso, que em todos os períodos realmente sociais de funcionamento da música, a ela os teóricos e os pais-da-pátria atribuíram.

Mas, como era de presumir: si os estetas, os críticos e os compositores mais elevados percebiam que a música era, sim, uma linguagem, não porém igual à das palavras, mas a linguagem do inexprimível, nada mais natural que a descida desatenta de tais alturas nebulosas, e a confusão das duas linguagens. Foi o que insensivelmente sucedeu.

É com o Romantismo que a música se confunde, não com o fenômeno social, mas com o assunto. Ela sempre foi fenômeno social, e dos mais interessados mesmo, por causa do seu ritmo dinâmico, unanimizador das coletividades. Mas agora ela pretende ser, não apenas essa misteriosa expressadora do inexprimível, ou apenas intensificadora das nossas verdades conscientes, mas ser, por si mesma, capaz de nos dar a realidade do seu assunto. Wackenroder dirá nas suas "Fantasias" (se observe desde já quanto se falava então em "fantasia"; me referirei a isto mais tarde. . .) que a música é uma torrente misteriosa que nos inundando o fundo do ser, por si mesma nos revela o seu sentido. . . E é verdadeiramente extraordinário como Beethoven, preocupado com o problema descritivo da "Sinfonia Pastoral", antecipa com grande lucidez as idéias de Schopenhauer sôbre a música. Nos seus cadernos de notas encontramos reflexões como estas: "Se deixe ao ouvinte o cuidado de se orientar (. . .) Os títulos explicativos são supérfluos: *mesmo quem possua apenas uma idéia vaga* do que seja o campo, compreenderá minhas intenções. (. . .) A "Sinfonia Pastoral" não é um quadro; aí se exprime, *por meio de nuanças particulares,* o que o homem sente no campo". É exatamente a linguagem do inexprimível, com suas "nuanças particulares", os seus pensamentos "sem conceitos", capaz de tornar o homem, sinão consciente, ao menos. . . ciente, mesmo daquilo de que ele "possua apenas uma idéia vaga".

Ora, as manifestações desta nova consciência da coisa musical vão afetar diretamente a técnica. Não são apenas as formas musicais que se desarticulam e alargam, abandonando a noção clássica da sua arquitetura interior, de dentro pra fora, puramente sonora: o que se destrói essencialmente é a própria técnica edificadora das formas, o que se abate é a própria consciência artesanal. O Romantismo, ou milhor, a forma social de que ele é uma expressão, é realmente um fenômeno de conseqüências tão profundas para a musicalidade ocidental, que se pode falar que, dentro do Cristianismo, a música sempre evolucionou por construção, ao passo que no Romatismo ela só pôde se expandir por destruição.

Parece quase absurdo, à primeira vista, afirmar que tão grandes técnicos como um Beethoven e um Schumann, e especialmente um Berlioz, um Chopin, Liszt ou Wagner, sejam destruidores da técnica musical. No entanto é o que consigo ver... Esses conhecedores profundos da harmonia, dos instrumentos, esses intuicionadores geniais da orquestração, abrem a porta a todas as confusões técnicas; são, eles mesmos, uns destruidores, com as suas experiências, audácias e tantas invenções geniais. O que é a técnica pra eles? O famoso pensamento de Beethoven vem responder: Não há erro que não se possa praticar em benefício da expressão.

É fácil de ajuizar a que confusionismos isso iria dar. Não é mais a obra de arte a finalidade mesma da arte. A finalidade da música é o próprio artista, na expressão direta, imediata e exclusiva, do seu assunto. Não é o material da música que lhe preceitua a técnica e condiciona o assunto tornando-o portanto acessível a todos, mas exclusivamente o artista em busca da realização do "seu" assunto. Si a tradição ainda obriga os músicos ao cultivo da sua arte, no entanto sutilmente está se destruindo a consciência profissional, tresvaria o humano e coletivo conceito da técnica, que não é mais um elemento intrínseco da obra de arte, mas apenas um tapejara, um mentor, um Vergílio acomodatício, que acompanha o artista na descida aos infernos das suas paixões.

A técnica, visando o assunto e não mais a obra de arte, se esquece por completo de sua base artesanal. Agora é que ela não é mais um meio de expressão, como quereria Beethoven, *mas uma finalidade em si mesma!* Com efeito, arrombada em seus mesmos princípios e tradições impostas multissecularmente pelo material sonoro, a realização da técnica se confunde agora com a realização do assunto. E sobre isto falarei mais longamente ao me referir à virtuosidade. Mas a mudança é enorme. De primeiro íamos escutar uma sinfonia de Mozart, uma sonata de Scarlatti e um salmo de Vitória. Agora, vai-se ouvir como é que Beethoven faz uma sinfonia (com coros?...), Berlioz traduz a "Danação de Fausto", ou Chopin se acomodará na forma da sonata.

A diferença me parece de raiz, como consciência profissional da arte. Nesta inflação do homem indivíduo, em que o carro passa adiante dos bois, em que a personalidade do artista passa adiante da funcionalidade da obra, há uma perversa mas essencial dessocialização da arte da música. E si esta é agora popularesca por princípio, devido às aparências democráticas que a vida tomava então, em essência ela é uma expressão de classe. Porque o artista agora não cria mais uma obra simplesmente funcional: ele acredita na Sua Obra e a valoriza. Não a esquece mais nem a perde na escureza bichenta dos arquivos, antes a assina aos quatro cantos e proclama aos quatro ventos, e faz dela o seu próprio elogio, a expressão de si mesmo, a exaltação do Eu. A música, como funcionamento cumulativo dos *socii*, ironicamente se dessocializou. O que dantes era vício apenas do intérprete, agora é vício do próprio artista criador, que tornou-se, não exatamente um democrata, mas... um capitalista!

Por falar em intérpretes e capitalização... Me seja permitida aqui uma nota que, tendo exceções, não deixa de ser bastante geral para aqueles tempos em que a emancipação da mulher era apenas um sonho, confirmado pelo meretrício das *cocodettes* do duque

Gramont-Caderousse, e as Hortênsias Schneider, as Cora Pearl, as Adèle Courtois e também as mais científicas George Sand. É que as mulheres, menos "de classe" em sua posição subalterna, parece terem sido mais sinceras na linguagem musical do inexprimível... Pelo menos, é muito freqüente então, as cantoras acabarem na miséria e os cantores e tocadores enriquecidíssimos. E si Rubini, em reuniões sociais, jogava baralho enquanto cantava a cavatina do terceiro ato da "Sonâmbula", ao mesmo tempo conseguindo ganhar no jogo e arrancar lágrimas de seus ouvintes: a Malibran avisava que a agarrassem de qualquer jeito no final do "Otelo", pois não podia se responsabilizar por seu jogo de cena, no estado de possessão em que ficava... Romantismos?...

Mas insisto ainda um bocado sobre o problema da técnica romântica. O que caracteriza a técnica musical anterior ao Romantismo, especialmente nos clássicos do século XVIII, é uma realista compreensão e aplicação do material sonoro. Essa compreensão e aplicação é de tal forma estrita que não se pode realmente surpreender uma só vez, seja nas tocatas e sonatas dos cravistas italianos, seja em Couperin le Grand ou Kuhnau e mesmo nos violinistas da Itália, no entanto tão cheios de expressão e liberdade os do Mediterrâneo, e o francês e o alemão tão presos aos descritivismo e ao retrato musical, em nenhum se poderá surpreender esse misterioso caráter que, em música, chamamos de "poético".

É nos românticos que a gente vai encontrar à larga esse poético musical, essa aura divagante e indefinível que, embora dela nascendo, na verdade transcende à fenomenologia sonora e parece independer dela. Desde as primícias de certo Mendelssohn sinfônico, de certo Weber operístico e mesmo de certo Lesueur cantando os "Bardos", e desde também a melódica de um Bellini, flébil e indestinada, as manifestações musicais freqüentemente parecem se destacar da própria música, para adquirir uma profunda força evocativa. É constante agora nas obras, desde o início do Oitocentos, por mais bem compostas e dentro da técnica erudita, esse valor que encontramos com tanta freqüência nas criações dos artistas que independem da técnica, os primitivos em geral, os desenhos de crianças, os poemas dos loucos: um profundo sabor evocativo, uma transcendência lírica, iluminada e fantasmática.

A independência da técnica verdadeira, o esquecimento do artesanal e desobediência às características mais essenciais do material sonoro, entre os românticos, é que lhes dá esse sabor poético, tão encontradiço no piano e nos *Lieder* de Schubert e Schumann, em todo o Chopin, como no desmaiante Field, nos poemas sinfônicos de Liszt e de Berlioz, na orquestra de Wagner; uma dissociação entre a arte da música e o seu material sonoro, que liberta aquela da sua realidade luminosa, e lhe permite uma ensombrada e perturbadora transposição para dentro do ser sensitivo.

A lógica musical deixa de ser exatamente aquela conexão de essência sonora, para ser uma conexão de essência psíquica. Já nem me interessam as obras descritivas da música de programa propriamente dita, em que o ouvinte sugestionado "vê", "enxerga", "apalpa" as formas objetivas da vida dentro das imagens sonoras. Mas são numerosas as obras tais como a Sonata op. 110 de Beethoven, a Nona Sinfonia, até as formidáveis baladas e esquerzos de Chopin, em que, aos poucos, a gente vai adquirindo a noção exata de que *está acontecendo alguma coisa.* Um tema que volte, uma modulação que surja, não parecem mais necessidades intrínsecas da arquitetura musical, voltam e surgem porque está acontecendo alguma coisa. Pouco importa saber o quê. O que importa é o novo poder narrativo que a música adquire e se tornou agora o seu mais característico destino. "Narrativo", não à feição de pintura e escultura; nem ainda o caráter narrativo da prosa, em que os pensamentos lógicos se concatenam para uma descrição e uma análise compreendidas direta e essencialmente pela inteligência consciente: mas exatamente o narrativo mais livre, mais escuso, mais próprio da intuição preliminar que da dedução conclusiva, que é o domínio mesmo da poesia.

E aqui entramos numa das características mais específicas da música romântica, a meu ver, a virtuosidade. Paul Bekker, si não me engano, foi o primeiro a pôr em relevo a virtuosidade como princípio essencial do Romantismo. "Virtuoso" é o individuo que tem a virtude da realização musical. Nos tempos da grande Grécia, o artista criador era o próprio virtuose, o próprio realizador das suas criações. Não o conceito, mas o caráter da realização implica necessariamente em si mesmo, por mais obediente que seja a uma predeterminação qualquer (no caso: uma obra escrita), não apenas o poder, mas a fatalidade da criação do momento. O virtuose verdadeiro jamais executará uma obra duas vezes da mesma maneira. Há sempre um valor instantâneo, espontâneo, cuja conseqüência mais lógica é a improvisação. E este será o virtuose ideal: o artista que cria no momento, entregue às possibilidades técnicas e aos domínios íntimos do seu sentimento e da sua fantasia. E, de-fato, não é à toa que, no alemão, o verbo "fantasieren" tanto significa "cismar", "fantasiar", como "improvisar" também. E até mesmo o burguesinho Schubert escreverá romanticamente no seu diário de 1824: "Oh Fantasia, mais precioso tesouro humano, fonte inexaurível em que tanto os artistas como os sábios bebem!"...

Na verdade, o único período da virtuosidade foi o Romantismo, como salienta Paul Bekker, porque só nesse tempo ela se baseou na improvisação. E não me é possível esquecer aquele momento decisivo de Beethoven adolescente, no seu encontro com Mozart, em Viena. A pedido do mestre já consagrado, Beethoven executa uma sonata, mas, desgostoso, sai com rompante do piano, enquanto Mozart, frio, nada percebe do possível valor do rapaz. Mas este, de sopetão pede licença para improvisar, senta de novo ao piano e improvisa. E só então Mozart, atingido, percebe e confessa que aquele moço traria alguma coisa nova para a música.

Agora sim, estamos em pleno período da "fantasia". É a "Fantasia sobre um tema da Norma", ou sobre árias de "La Juive". Os próprios malabarismos de um Liszt, de um Thalberg, de um Paganini, ficados em páginas escritas e impressas, assumem um caráter tão íntimo de improviso, e eles os modificavam tanto a cada execução, que por aí é que se poderá compreender milhor esse conceito romântico e tão legítimo, da virtuosidade. Era um direito desses virtuoses verdadeiros fantasiar assim numa quarta corda mirabolante ou nos mais mirabolantes arpejos, sobre a *preghiera* do "Moisés". O absurdo é um virtuose de agora, mesmo quando honesto recriador de escrituras alheias, mas incapaz de fantasiar por si, executar essas peças-falenas de um minuto, se entregar ao improviso alheio, em vez de fantasiar e de improvisar por si mesmo!

E se compreenderá exatamente em toda a sua extensão o que era esse improviso romântico, se tomarmos um dos anunciadores da fase, Weber, afirmando ser o improviso o momento principal da criação artística... E Schumann mais tarde, reafirmando o mesmo, no dito: "A inteligência pode errar, mas o sentimento nunca"... E vemos Lenau, depois que os médicos desanimaram, se curar do seu primeiro acesso de loucura, improvisando um *Laendler* no seu violino d'Ingres, dele tirando por duas horas as mais deslumbrantes... visões! E vemos até um prosador, mas dos mais românticos, Jean Paul Richter, confessar: "quando uma comoção me domina tanto que a desejo exprimir, ela não soa em mim por meio de palavras, mas por sons musicais e só a expressarei no piano. E assim que, para a criação, me aproximo chorando do piano, o trabalho da criação desaparece e unicamente a comoção me dirige. Nada me atinge, nada me exhaure tanto como improvisar, e sou capaz de morrer disso".

Enfim se descobrira e levava-se às últimas consequências uma espécie nova de lógica sonora, que não derivava mais do material que faz a música. Seria inexato porém, mesmo na música programática, afirmar que a lógica nova derivava de um narrativo prosístico, de uma *Tonmalerei*, formando um quadro perfeitamente reconhecível e compreensível pela inteligência consciente. Era antes uma lógica do indivíduo em toda a sua complexidade psíquica, e que só ele podia impor. Quando tinha gênio...

E realmente só os gênios se salvaram no dilúvio romântico. Só eles, uns poucos, puderam nos ficar permanentemente. Si do Classicismo e mesmo de antes, baseados nas exigências do material sonoro, fazendo suas obras derivarem intrinsecamente da técnica, centenas e centenas de artistas menores nos ficaram e até agora são agradáveis de ouvir: os menores do Romantismo, os Reicha, os Nicolai, e principalmente os Smith, os Panseron, os Gottschalk, e até mesmo bastante Liszt e muito Paganini, são insuportáveis de ouvir.

Não é possível, numa síntese como esta, estudar a transformação dos elementos materiais da música. Um exemplo apenas produzirei, por ser dos mais característicos: a mudança de valor que sofre a síncopa. Esta é na realidade um elemento exclusivamente musical, específico do material sonoro, pois nem mesmo metaforicamente a podemos conceber nas outras artes. Ora, com o Romantismo, a síncopa vai assumir um valor extra-musical. Si comparamos, por exemplo, a síncopa em Bach, tão sincopado em suas obras, a síncopa romântica e a sincopação contemporânea da música brasileira ou norte-americana, logo esta maneira de ritmar se excetua com violência, das duas outras, no Romantismo, como consciência de valor. Em Bach a síncopa é uma pura conseqüência enriquecedora, da divisão do tempo sonoro. E um valor puro. No samba carioca ou no jazz a sincopação é um valor mais necessário que em Bach, menos "hedonístico": nasce e se desenvolve das tendências afro-americanas de movimentação coreográfica, com que a música facilita os passos e estimula os balanços corpóreos do dançarino. Está claro que nos dois casos, como qualquer outro elemento musical, a síncopa é uma expressão. Mas esta é pura, é essencial e estritamente musical e dinâmica. Ela nos conserva dentro da imagem musical, livre de qualquer expressividade que permita comentários psicológicos, dando asas à literatura e à literatice.

Com o Romantismo, a síncopa, já bastante encontrável num Shumann por exemplo, num Brahms, e infelizmente nas romanças italianas em atraso de um Tosti e um Gastaldon, vai culminar, como aplicação de valor psicológico, nos noturnos do segundo ato do "Tristão". Aqui é de ver-se o texto de certos comentadores. Se trata da angústia do coração, é a respiração alterada pelo mal de amor que essa base rítmica expressa. Não é mais a imagem musical que se desenvolve, mas a idéia intelectual, fruto de uma experiência psicológica e crítica. É uma outra consciência de valor, como se vê, um valor raciocinante, uma crítica da vida, que em nada aumentou a expressividade musical. Mas a transformou prodigiosamente.

E com os últimos casos especificados, a sincopação revalorizada como princípio expressivo, o abandono da lógica do material sonoro como elemento construtivo da música, em proveito do improvisatório virtuosístico e de um caráter "poético", mais próprio da linguagem falada, podemos determinar o castigo de orgulho que se abateu sobre a linguagem musical romântica. A música pretendera construir sua torre de Babel, para alcançar os valores das outras linguagens artísticas. Quisera ser descritiva como a pintura (Tonmalerei), e adquirir os valores da linguagem poética... Deu-se a confusão das linguagens. E numa forma de vida e de política aparentemente internacionalistas, o efeito mais virulento foi a exacerbação, a bem dizer, verdadeiramente a criação do "nacionalismo" musical.

O Romantismo, como já falei, era por princípio popularesco, refletindo as novas condições teóricas da sociedade. Ele queria se aproximar republicanamente do povo. E com efeito, nós vemos desde os primeiros românticos (um Chateaubriand, por exemplo) os artistas se interessarem pelas poesias e pelas cantigas populares. Mac-Pherson iria se criar uma das maiores popularidades do primeiro romantismo, inventando a burla esplêndida do bardo Ossian, que fez o próprio Napoleão gemer de gozo. Gozo poético?... Aceitemos que o seja! pois o que interessa a esses românticos, na poesia e na música popular, é justamente o seu valor evocativo, sugestivo, "poético".

Chateaubriand vai se tornar mesmo um legítimo precursor do folclore, na sua obsessão pelas canções escutadas na infância, pela primeira vez lembrando a músicos e poetas, então violentamente impregnados de exotismo, que além das músicas dos selvagens americanos e dos Ossians duma vida insuspeitada, havia também canções, ao alcance da mão na sua terra bretã. Foi realmente um apaixonado do poder evocativo das canções do povo. As suas "Memórias de Além-Túmulo" e os romances estão cheios de cantigas tradicionais. No "Último Abencerragem", por acaso, faz a gente descobrir o filão multissecular duma das canções brasileiras mais popularizadas, quando põe o rei Don Juan, desejoso de possuir Granada, cantando:

Je t'épouserai,
Puis apporterai
En don à ta ville,
Cordoue et Séville"...

Imediatamente nos surpreende a coincidência desses versos com o texto:

O rei mandou me chamar
Pra casar com uma das filhas
O dote que ele me dava
Oropa, França e Baia.

Mas é que Chateaubriand já era, a seu modo, um folclorista, e criava as suas canções sobre base tradicional. E esta, o musicólogo Julien Tiersot descobriu num texto quinhentista do espanhol Perez de Hita. É um romance-velho ibérico, filiado ao ciclo das lutas de cristãos e mouros, do século XV ou do seguinte, em que o rei exclama:

> "Granada, Granada,
> Si casares comigo,
> O dote que te dou
> Córdoba e Sevilha" (2)

E assim como Chateaubriand, como Gerard de Nerval, como Mac-Pherson, como Garret ou George Sand, os compositores também, até mesmo um Berlioz, se apaixonam pelo valor nativo e evocador dos cantos populares tradicionais. Por certo Weber e Schubert, quando se acomodavam pela primeira vez às medidas e constâncias nacionais da tradição liederesca germânica, estavam honestamente bem longe de imaginar que profecia davam da babel nacionalista do século. O músico do mundo, do século dezoito, desaparecera completamente; e no século republicano, cada músico é de sua pátria, quer ser de sua pátria, voltando com freqüência às fontes da canção e das danças populares. Mas a "linguagem dos sentimentos" envenenava a água pura dessas fontes... E, como vemos num dos mais altos entre esses criadores musicais românticos, Chopin, a mazurca, a valsa, a polonesa e principalmente a canção, se deformam escancaradamente para se transformarem numa linguagem

(2) Gustavo Barroso em "Ao Som da Viola" estuda a expansão desta idéia lírica no folclore mediterrâneo, mas reconhecendo desconhecer a "sua passagem através da península ibérica" (p. 398), que ocasionalmente descobri.

da expressão sentimental. Coisa com que o povo não sonha. Linguagem, sempre linguagem...

Uma sociedade, não mais socraticamente "do mundo", mas desleixadamente internacional, chamalotante e cromática, onde na confusão babélica de tantos nacionalismos, ninguém não se entendia muito bem, em música, que não fosse através da linguagem dos sentimentos... Mas esta linguagem estava fatalmente deformada pelo tresvario da técnica, numa sensual e violenta linguagem dos sentidos. E dominava tudo, não esses heróis que hoje ainda nos alimentam, um Beethoven, um Chopin, um Mussórgsqui, mas o convencionalismo sentimental da romança de salão, acompanhada na guitarra, harpa ou piano, a grandiloqüência brutal da ópera, Meyerbeer, ou a risada aberta da opereta, Offenbach.

Paris, já então "umbigo do mundo", era o caravansará trágico e levianíssimo, a encruzilhada dessa gente que cantava sobre os vulcões, diluída no "à peu près" dos sentimentalismos. 1830... O fim do Ancien Régime... A Monarquia de Julho... É Luiz Felipe, o papagaio tricolor que a cada pergunta só sabia responder "Valmy", "Jemappes". Mas Paris, no meio da maior angústia, era mais que nunca a "Schoene Zauberstadt", como a apelidara Henrique Heine, o "palco em que as maiores tragédias da história humana se passaram", diz o Maximiliano das "Noites Florentinas". E que melancolia e pressentimentos dolorosos nos faz evocar essa frase, diante da Paris de hoje, apenas uma entre as escravas da prepotência mais infamante que nunca desonrou a dignidade do homem...

E Maximiliano continua contando que uma noite ele fora ao Porte Saint-Martin assistir a "La Tour de

Nesle", o dramalhão de Alexandre Dumas. Acontecera porém que, na cadeira que ficava na frente, sentara uma senhora com um imenso chapéu de gaze cor-de-rosa. E assim, Maximiliano só pôde ver todos os horrores que se passavam no palco, através duma coloração rósea. "Sim, ele conclui, há em Paris uma luz rosada semelhante, que suaviza quaisquer tragédias"... Menos agora, com o black-out...

E essa luz rósea romântica é que buscavam então as mariposas da música, os morcegos das finanças, e a noturna bicharada de... tudo! Lá faziam parte da "Garde" as mais escolhidas mulheres de pele inglesa como de cor mediterrânea. Lá o conde de Donnersmark ia encontrar a Paiva, pra gastar dinheiro. E sobretudo os russos, uma russaria ursíssima, gastando, bebendo, gastando. Já principiara a tradição milenar, vinda de Voltaire e da Comuna, política e também social, que nos ensina dessa terra das transitórias capitais: Rússia, capital Paris.

Paris estrondava de alegrias e músicas. Na epidemia de cólera de 1832, foi impossível impedir o Carnaval; e os hospitais se enchem de Arlequins, Pierrots, Pierrettes, jogados no leito de morte ainda vestidos de fantasia. Pouco depois o nosso Álvares de Azevedo e os da sua roda, não iriam dançar com leprosas num prostíbulo de Santo Amaro?... É então que os religiosos principiam se afastando de Paganini, que freqüentava os sabás, dizem. E falam por aí como Chopin se inspirou pra compor sua Marcha Fúnebre. Ziem, o pintor paisagista, que adorava Chopin, quis presenteá-lo com um piano. Para isso deu um jantar, com mais uns poucos amigos comuns, como o pintor Ricard e o príncipe de Polignac. Mas Chopin estava essa noite numa das suas crises de depressão nervosa e todos principiaram com brincadeiras pra distraí-lo.

Polignac, pegando um esqueleto que Ziem tinha no ateliê, sentou o calunga no piano e, lhe mexendo os braços, o fez tocar. Os outros apagaram as luzes, para aumentar o gosto "poético" da visão... Nisto, Ricard, aproveitando uma arca vazia que estava junto dele, fez soar três pancadas violentas e todos, com vastas gargalhadas, achavam muita graça no caso. Menos Chopin. Avançou para o lado do piano, tomou o esqueleto nos braços e abraçou-se apaixonadamente com ele. E então improvisou. Era uma música soturna, mortuária, com os acordes batendo como roncos lamentosos de morte. De repente o improviso pára em meio, ouviu-se um baque. Todos correm para o piano. Chopin jazia desacordado no chão. Poucos meses depois, o grande músico executava a primeira da "Sonata em Si Bemol". Lá vinham, no andante, os mesmos acordes de deploração, era Marcha Fúnebre. E Schumann nos confessará também que foi premido subitamente a compor, convulsionado que se sentiu por impressões sinistras e pressentimentos; e que isso aconteceu no instante exato em que, noutra cidade, sem que ele soubesse de nada, lhe morria longe uma afeição querida.

Tudo isto, si non é vero... é, pelo menos, muito da leviandade romântica, que substituía a profundeza da vida pelo delírio dos sentimentos. E tudo se esclarecia e determinava sob o signo do sentimental. A loucura, a turberculose, a surdez, a mística amorosa, o diabolismo rondavam a porta dos mais fortes. Nos outros então, era todo um sentimentalismo desenfreado, como no famoso duelo musical entre Thalberg e a Malibran, contado por Legouvé. É no casamento da grande cantatriz que Thalberg, convidado a tocar, arranca o entusiasmo de todos. A Malibran, porém, apesar das fadigas e enervamentos do dia, sentindo-se roubada em sua grandeza, desafia o pianista com o seu canto mirífico. Mas nem bem pára de cantar, que Thalberg se engalfinha com o piano e como que ultrapassa as comoções conhecidas. É agora a vez de Malibran que também desvenda ignorados paraísos da música. E vão ambos assim num crescendo de grandezas, até que não podem mais, choram. Houve empate, porque não foi possível continuar o duelo, os dois artistas se desmilinguindo em pleno choro. Também de Liszt se conta que, nos salões, apagadas as luzes, tocava com tais arroubos expressivos que todos acabavam em pleno choro. O "pleno choro" era uma espécie de ressaca das romanticidades. E na procura dos seus excitantes todas as hierarquias artísticas, a técnica, a forma, a realidade da música, a funcionalidade da arte, se abatem. Um dos exemplos curiosos dessa... democrática devastação das hierarquias, se manifesta na escolha variada dos timbres, nos concertos.

O desnorteamento dos programas era constantemente absurdo. As sinfonias de Beethoven se impunham pouco a pouco, mas no primeiro concerto da Société du Conservatoire, em 1828, ao lado da "Heróica", havia um coro da "Blanche de Provence" de Cherubini e um solo do compositor Meifred para pistão. No concerto de apresentação de Chopin, na sala Pleyel, em que o gênio executava o seu "Concerto em Fá Menor", tomaram parte, além de duas cantoras, cinco pianistas que, com Chopin, executaram uma "Grande Polonaise" de Kalkbrenner, para doze mãos. E nenhuma cabeça... Na festa da embaixada da Inglaterra, em 1842, em que tomaram parte alguns dos maiores cantores do tempo, além de muitos Donizettis compreensíveis, havia uma "romanza" de Vera e um dueto de Schira. No ano seguinte, na festa milionária do barão James de Rothschild, em que também se ouviam os maiores rouxinóis ensinados, e só esse canto mirífico, a Grisi, a Viardot, e Tamburini, e Mário, e Lablache: os compositores da segunda parte do programa eram Ricci, um Fioravante, ainda um Gabussi e o mesmo Schira do ano anterior. Nesse concerto, de instrumental só havia um solo de violino, de que o programa nem siquer tomava a paciência de indicar o autor! E que dizer de um concerto dado nos salões de Pape, em que tomavam parte Herr Schunck, primeira trompa do rei de Vurtemberg, seus dois filhos, Herr Klein, primeira clarineta do rei da Baviera, e Mr. Payer, "pianista compositor-improvisador e inventor da fisharmônica", palavra de honra! Pois desse concerto participou também, igualzinho aos outros, a maior estrela do piano, Franz Liszt numa peça também pra doze mãos.

Mas era mesmo o canto que dominava, na linguagem da brilhação e do sentimental. Nem o próprio Berlioz escapava disso organizando as suas execuções com oitocentos cantores. Do teatro de ópera, o próprio Spontini, que fora um dos precursores do teatral romântico, se horroriza com as "sensações convulsivas até o exagero, a extravagância, a loucura, o delírio", como diz numa carta de 1836. Neste mesmo ano, em que o vulcão das revoluções se abria em Lisboa, poucos meses depois do deslumbrante baile de entrudo oferecido pelo conde de Farrobo, e em que, si o São Carlos já estava quase às moscas e de concertos só lembro um dado por José Macia Ciebra e Gouveia, professor de viola francesa, onde brilhava como número principal do programa a sinfonia da "Semíramis", "regulada por ele mesmo à guitarra, de modo que se sintam em suas harmonias todos os movimentos das vozes intermédias dos violinos, baixos e mais instrumentos"... Nessa mesma Lisboa portuguesíssima, cheia de assaltos políticos feitos por "homens armados, que ocultavam parte do rosto com lenços d'assuar", como dizia um jornal absolutista do tempo... E tempo de tamanhas angústias políticas para Portugal que um realista, na Covilhã, sucumbe de susto uma noite ao "ouvir o estrondo da queda da sua casa"; e em Setúbal matam uma criança "por este inocente ter o nome de Miguel"... Pois nessa mesma Lisboa irrespirável de 1836, ainda o delírio da ópera domina e um jornal de modas, o "Correio das Damas", lança pelo país os seus figurinos de corpetes "à virgem" e "bonés à Norma". A ópera e a opereta dominam a inconsistência moral do tempo e já nos fins da grande fase romântica, pouco antes de 70, nós veremos ainda o homem mais importante na política de França, o duque de Morny, colaborar com Halévy e Offenbach em peças musicadas. Mas de-fato a situação parisiense de então era bem semelhante à da Lisboa de 1836, e, si entre os bonés à Norma das mulheres, se degladiavam no Tejo absolutistas, constitucionalistas, realistas e miguelistas, é o próprio Napoleão III, aliás legítimo absolutista, quem, ao tempo em que Morny se divertia com as operetinhas e o nosso querido Pedro II fazia sonetos, se desculpava das coisas não correrem bem, no Segundo Império, porque a "imperatriz era legitimista, Morny orleanista, e ele mesmo um republicano". E terminava a desculpa dizendo: "Só existe um único e derradeiro bonapartista, é Persigny, mas está louco!"

Assim como Wagner na mocidade, Liszt na velhice também se preocupava de política. Húngaro que não se esquece de sua pátria subjugada, convidado para um concerto no palácio imperial de Viena, vemo-lo já quinquagenário atacar a marcha de Rakoczy diante da corte estarrecida, enquanto o jovem imperador Francisco José sorria, dizendo lhe serem raras as ocasiões de ouvir música tão bela... Numa das admiráveis cartas reveladas por La Mara, na edição Breikopf de 1894, vemos ainda Liszt com bastante segurança definir os políticos equilibristas de então e preocupar-se com o equlíbrio europeu. E diz esta frase admirável: "Certos povos não poderão mais ser tratados como os coros das óperas antigas, destinados a cantar no momento oportuno o eterno refrão de *libertá* ou de *felicitá;* e quando as complicações chegarem, lhes será preciso dizer o *bona sera,* quer ao Dom Basílio das nacionalidades, quer ao dos governos constituídos". E enumerava entre esses povos a Hungria e a Polônia.

Ah! a Polônia, essa que só poderemos exprimir na linguagem do inexprimível... Chopin não tinha nem vinte anos quando recebeu aquela carta de amigo, que o concitava a fazer música exclusivamente polaca. E de que maneira o excitavam? Com argumentos desta força: "Existe uma melodia natal como existe um clima natal. As montanhas, os matos, as águas, os campos têm voz nativa, interior..."

Mas quase que tenho relembrado apenas os gênios, e as altitudes sociais, da música romântica e é preciso não esquecer ainda o alicerce multitudinário da burguesia, de que esses marcos se elevavam. O tempo era de cantarolagem, como já falei. A misteriosa linguagem do inexprimível mostrava aí sua fragilidade, salientando aos excessos mais burlescos, o romance *com* palavras. Dalaire lastimava em 1845 não existirem mais editores de quartetos ou sinfonias, ao passo que ninguém hesitava em dar seis mil francos por seis romanças de compositor em voga, desde que elas fossem lançadas por intérpretes como as senhoritas D'Hénin e Drouard, ou cantores como Penchard, Vartel ou Richelmi. Estes seriam por certo os Orlando Silva e as Carmen Miranda do tempo, sem rádio nem disco, predestinados à morte irremediável. Mas si não tinham rádio, tinham excesso de salões. Da mais alta nobreza às virgens da burguesia pequenina, tôda a gente cantava. Blangini, compositor de centenas e centenas de romanças de salão, tivera entre seus alunos a rainha Hortênsia, a rainha da Baviera, a de Vestfália, o rei da Holanda, a princesa Borghese, a duquesa do Berry e quase toda a aristocracia da Restauração. Outro professor também célebre, autor da "Arte de cantar romanças, cançonetas, noturnos e em geral qualquer música de salão", nos ensinava o segredo desse cantar à bessa: O que é preciso, diz ele, é "Um canto simples e terno que deve ser cantado com a alma" (3). O perigo é que essas romanças não eram "simples e ternas", mas simplórias e sentimentais. Quem mais hoje se recorda desses líricos de então?... O próprio Berlioz adolescente colecionará romanças de Berton, Dezède, Della-Maria e Plantade. E entre os mais celebrados, cujos cantos soaram nos salões da Récamier, de Sofia Gay, de Mme. de Girardin, de Mme. de Duras, de Mme. Ancelot, de Charles Nodier, de Benjamin Constant, de Liottier, quem mais se recorda de uma Pauline Duchambge, de uma Loísa Puget, de Amédée de Beauplan, Labarre, Dalvimare, Panseron!... Esses foram os autores célebres de milhares e milhões de romanças que se intitulavam "Adieu tout", "La Valse et l'aumone", "L'Ange Gardien", e às vezes, mais surpreendentemente "Les

(3) Renato Almeida em sua "História da Música Brasileira" cita um crítico nosso, do Romantismo, pedindo pelo "Correio Mercantil", "uma música simples, que por todos fosse entendida, em que o canto falasse ao coração". Quase as mesmas palavras e as mesmíssimas idéias!...

Brésiliennes" de Luigi Bordese, cuja doce litografia de capa nos mostra duas sorridentes espanholas de mantilha, montadas em burros, numa paisagem alpina... Quem se recorda mais?... Mas nos álbuns de modinhas e romanças das nossas bisavós e avós, brasileiras estas legítimas que festejaram a Maioridade e a guerra do Paraguai, iremos encontrar quase todos esses mesmos nomes de mel. Panseron, Loísa Puget tiveram verdadeira voga no Brasil, a julgar pelos álbuns dos nossos antepassados. Assim como, no piano, esse mesmo Steibelt, que ainda menino escutei numa fazenda a querosene e poço, o mesmíssimo de quem pelos tempos da nossa Independência, Mme. Récamier dedilhava, com alguma dificuldade, a melosa "Invocação à Noite" aos ouvidos do seu Chateaubriand grisalho.

Era toda uma cançonetagem de água-de-rosas com açúcar, de uma facilidade estupefaciente, de uma simplicidade simplória, nascida do coração também com açúcar. O culto do então chamado simples, em que confundiam seus gostos desamparados o grande Goethe invetivando o canto "durchkomponiert", e o menor Alexandre Dumas — o qual dizia dos cantos "simples e melancólicos", que o inundavam de uma doçura infinita, o envolviam de uma harmonia fluida, lhe abriam os poros sensitivos e, como pastor da bela adormecida, lhe iam buscar no fundo do coração "uma sereia em pleno sono que acorda e põe-se a cantar", arre! Bela crítica, bem romântica, que lembra aquele outro crítico profissional, dizendo das melodias de Bellini serem "como o suco das rosas de Bengala — o verdadeiro perfume da alma num beijo atirado com a ponta dos dedos", arre!

E assim era a crítica familiar do tempo... E vemos Mme. de Girardin elogiar Lablache e a sua possante voz de baixo profundo, com uma antítese que nem a Vítor Hugo, nem ao nosso Castro Alves lembraria: "condor de asas gigantescas cantando como um rouxinol"... Mas estávamos no tempo em que o próprio Reicha bem mais alto, comentando a música religiosa, investia contra Palestrina que "não covinha ao século", por ser um estilo "sem idéias musicais, sem canto", "desgracioso e sem variedade"!

Mas ainda é sempre Mme. de Girardin, num acesso de bom-senso, quem me vai dar a palavra final destas evocações. Fora escutar um "Requiem", executado num salão da alta sociedade e comenta escandalizada nas suas "Lèttres Parisiennes": "Um requiem mal escutado por mulheres de braços nus, colos nus, cobertas de jóias, olhos mexemexendo de flirt"... "O que interessa é saber a que momento do concerto os criados trarão os refrescos. Será antes ou depois do *De Profundis*? Gente feliz, será que nunca vistes a morte de perto?"... Não viam, não enxergavam... A música romântica, com a sua linguagem do inexprimível, era mais um ópio enfeitiçante que diluía as conciências. E enquanto a vida preparava a sua má espécie de agora e a maior seriação de mortes que nunca a história viu, essa gente romântica, através das gazes róseas, com a canção solta no lábio, brincava sobre os vulcões...

“Fantasia” de Walt Disney

1941

I

"FANTASIA" é uma obra-prima? Estou convencido que não, e os seus defeitos são enormes. Mas, pelo que contém de invenção genial, por seus problemas e pelas suas realizações técnicas, é mais que provável se torne uma obra clássica do cinema.

Não há nenhuma originalidade em seu princípio conceptivo: um desenho animado baseado numa composição musical escolhida preliminarmente. Mas, si o princípio é exato e mais que experimentado anteriormente, a composição do filme me parece defeituosa: uma série de criações desligadas entre si e sem a menor unidade conceptiva, nem musical, nem descritiva, nem espiritual. E o "estilo" do desenho colorido de Walt Disney foi insuficiente pra ligar as diversas peças de "Fantasia" numa unidade de qualquer forma indiscutível. Tanto mais que o grande artista por vários momentos, e aliás com esplêndido poder criador, abandonou o seu estilo e os seus climas psicológicos, e se serviu de múltiplas possibilidades do desenho, até da abstração purista.

Numa das partes mais irritantemente banais, como concepção, a antítese do Mal e do Bem (Mussórgsqui e Schubert) Walt Disney faz a transição entre os dois princípios da vida, por meio de um pequeno interlúdio, provavelmente da autoria de Stocóvsqui: Este interlúdio permite, desenhisticamente, uma ligação graduada entre os dois ambientes expressivos. É mais agradável, porventura, e não obriga o espectador a quebras muito forçadas de estado de sensibilidade.

Em todas as outras vezes, Walt Disney preferiu separar uma peça de outra, por uma espécie de refrão musical-cinematográfico: a visão realista em branco e preto, com efeitos coloridos, da orquestra se afinando e seu regente. Este processo me parece mais lógico, cinegraficamente, ou pelo menos mais leal. Mas, não tem sombra de invenção nele. É a transposição para o cinema, de um processo bastante usado, desde o Romantismo, na música pertencente à formalística da "Suíte", quando Schumann e principalmente Mussórgsqui com o "Passeio" dos seus "Quadros de uma Exposição", o sistematizaram. Aliás, a própria idéia da afinação instrumental é exatamente o refrão que liga as diversas partes da suíte pra quarteto de cordas "Rispetti e Strambotti" de Malipiero.

Aqui, um problema interfere no que venho examinando: qual seria exatamente a colaboração de Stocóvsqui para a concepção total de "Fantasia"? Não há dúvida nenhuma que Walt Disney provou possuir extraordinária musicalidade e mesmo bons conhecimentos musicais, porém, esta quase repetição da idéia de Malipiero, autor sem grande voga, numa das suas peças menos popularmente ouvidas, por ser quarteto, não me parece derivar dos conhecimentos musicais do desenhista, mas do músico, que posso jurar, conhece muito o quarteto de Malipiero. E outra vez em que ainda julgo ver o mau dedo de Stocóvsqui, é na antítese do Bem e do Mal, única e discrepante parte, em que Walt Disney abandona seus processos pessoais de compreender a música e sobre ela criar livremente, pra se entregar a um associativismo puramente sentimental, de estreito sentimentalismo.

A fraqueza do estribilho ligador das peças é incontestável. A sua repetição não só fatiga, mas irrita; nem me parece que Walt Disney tenha feito esforços suficientes pra lhe dar variedade. Aliás esta mesma pobreza já transparecia fortemente no refrão dos "Rispetti e Strambotti". Só quem realmente conseguiu alguma coisa perfeita, neste processo de um refrão ligador das partes de uma suíte, foi Mussórgsqui, por ter escolhido livremente um tema rítmico-melódico com possibilidades bastantes de variação. Ainda há mais: o defeito insanável do estribilho de Walt Disney é que ele é exclusivamente musical. Nele a música não é mais uma arte "concertante", pra me utilizar da terminologia musical, mas domina em absoluto. Estamos em plena... ópera: a cinematografia se tornou escrava da música.

Ora, justamente a grande "invenção" de "Fantasia", afirmação talvez mais impressionante da genialidade de Walt Disney, está nas diversas maneiras com que ele soube unir desenho e música, indo às mais diversas solicitações visuais e sugestivas dela. Nenhuma teoria o prendeu. A sua liberdade é alucinante. E pra muitos escandalosa... Não teve a menor pretensão de traduzir em plástica animada o pseudo-sentido das músicas, arrombou quaisquer preconceitos e doutrinações teóricas, preso e livre, extraordinariamente preso e livre. É de ver, por exemplo, em pleno domínio da abstração plástica (Bach), ao chegar a uma das últimas cadências em recitativo da peça musical, aquele caixão de defunto, se pondo a andar pela galeria misteriosa. Não é possível maior liberdade criadora. A lógica fácil seria perseverar na unidade das abstrações. Mas o caixão estoura em nosso estado de puro encantamento plástico e nos arroja de repente às aparências mais dolorosas mais inaceitáveis da vida: é uma invenção genial.

Essa a maior lição estética do filme. A música possui formidável poder sugestivo, mas a sua sugestividade é incontrolável. Si na fuga, Walt Disney baila em formas puras, na "Pastoral", se libertará magnificamente do "programa" fixado por Beethoven, pra inventar um idílio absurdo, com Grécia e mitologias. Não estou verificando agora o valor desta parte, estou apenas mostrando a liberdade exatíssima, com que Walt Disney se insentou de certas pretensões ridículas, não da música exatamente, mas de musicóides vaidosos, e de certos preconceitos estéticos. Outro passo admirável, como interpretação criadora, é o "Feiticeiro Aprendiz", com o rondó de Paul Dukas. Aqui Walt Disney aceita a linha exterior da história mítica multimilenar, o aprendiz de feiticeiro que aprende a animar os espíritos e não sabe, depois, como fazê-los voltar à imobilidade. Mas é só. E em vez dos inumeráveis espíritos turbilhonantes que, conforme o mito, acabariam matando o nosso querido Mickey Mouse, a formidável veia humorística (mais satírica aliás que humorística) de Walt Disney cria uma das suas enormes historietas.

Mas cabe reconhecer que tudo isto é lição, lição apenas. Podemos teorizar à vontade, o que importa não é teorizar, mas se impor pela força criadora. E isto Walt Disney consegue plenamente, em todos os momentos em que usou da sua liberdade, obedecendo apenas às imposições dinâmicas que a música fornece. Daí a prodigiosa *identidade* de partes como a Fuga de Bach, o "Quebra-Nozes" de Tschaicóvsqui, o sr. Som, a "Dança das Horas" e também o "Feiticeiro Aprendiz". Agora nem a música prevalece sobre o cinema, nem este sobre ela. O equilíbrio é conseguido. Mas é que em vez de traduzir por formas plásticas irredutíveis, a temática, a melódica das peças que intrepretava, Walt Disney apenas se deixou sugestionar pelo ambiente psíquico-dinâmico geral delas (tristeza, alegria, calma, violência), pelos ritmos e pelo timbre. Aquele erro grave da "Segunda Rapsódia Húngara", em que cada tema era fatalmente traduzido por uma forma plástica só, bolas, riscos, Walt Disney evitou com esplêndida plasticidade. Em vez, na "Fuga em Ré Menor," não os temas, mas os ritmos e especialmente os timbres é que levam àquela deslumbrante cascata de formas luminosas que chegam a tontear a gente, de tamanha riqueza e beleza de invenção.

Na realização do seu filme Walt Disney não conseguiu infelizmente manifestar aquela mesma unidade de criação de muitas das suas obras menores. Aliás já desde "Branca de Neve" esse desequilíbrio se manifestara. E temos um problema novo. Si, no seu gênero, Walt Disney alcançou a mesma grandeza de Carlito no dele, parece que o abuso de desumanidade, tão específico do desenho animado, pela sua própria violência, excessivamente condimentada, de desrespeito à realidade, impede a criação de obras longas. Imagine-se uma fábula de La Fontaine com mil versos!... Carlito, como Rabelais, como Giotto nos painéis franciscanos, usando a maior irrealidade, podem nos conservar dentro do sentido trágico da vida. Já não me parece possível o conservassem La Fontaine, o Schumann do "Carnaval", o Hoffmann e o Pöe dos contos, si desenvolvessem os seus temas, até grandes proporções. E o mesmo, creio, esta mesma condição estética, está implicada no desenho animado. De tal jeito ele é violento, de tal jeito ele arromba o que Couto de Barros, numa página admirável, chamou de "limite existencial das coisas", que o seu prolongamento a proporções agigantadas, em vez de convencer, fatiga pelo deslocamento que exige, e desilude pela falsificação que lhe é inerente. Não se pode dar quinhentas páginas a um conto, duas horas a uma valsa, ou o afresco de uma parede de dez metros a uma natureza-morta.

Me parece que o desenho animado participa desta condição de miniaturismo de certos gêneros de arte. Embora "Fantasia", pela sua forma de suíte, possa disfarçar mais a fraqueza das "longueurs" tão evidentes em "Branca de Neve", é incontestável que apresenta quedas e quebras de criação que a tornam muito imperfeita. Na verdade não se trata de um filme. São vários filmes ligados por impostura.

Digo "impostura" sem a menor intenção de ofender Walt Disney, nem esse Stocóvsqui, que hoje está na moda achincalhar. Desconfio que Walt Disney foi o primeiro a ser... imposturado. A impostura vem das condições do cinema, que ainda não conseguiu (o conseguirá nunca?...) de dividir em arte e comércio, com franqueza. Foram exigências não-artísticas, que levaram ao encompridamento de "Fantasia". Foram exigências anti-artísticas que levaram à parte do Bem e do Mal, tão cara a certas mães de família, aliás tão humanas cada uma delas como Dante ou o Itatiáia. Foram exigências comerciais que levaram ao absurdo econômico do cinema, arte de todos, arte contemporânea das coletividades, cobrar dez mil réis pra assistir "Fantasia". Quem pode gastar dez mil réis pra ver "Fantasia"? Ópera. É o tenor Fulano com o soprano sra. dona Fulana, questão de oferta e de procura, que fazem o teatro como o cinema (artes coletivas por excelência) inacessíveis às coletividades, ora bolas! No entanto, até como realização musical (não entendo de técnica do cinema) a orquestra sinfônica de "Fantasia" é uma maravilha de verdade sonora. Convence mais que o disco, e é a oferta mais coletiva de música que a máquina já realizou. Mas, sr. Mickey Mouse, dormindo porque arranjou quem trabalhe pra ele, só quem tem dez mil réis sobrando pode ver "Fantasia"! Pois viva a Feira de Amostras!

II

Por certo "Fantasia" não é uma obra-prima que se possa admirar em sua totalidade, mas não é menos certo que apresenta alguns dos momentos mais esplêndidos da criação artística contemporânea.

Já vários outros desenhistas buscaram a interpretação de músicas por desenhos abstratos, no cinema. Walt Disney, porém, alcança pela primeira vez uma criação satisfatória, não só satisfatória, admirável, na Fuga de Bach. As formas e movimentos luminosos que criou são de uma riqueza e beleza inesquecíveis. Lidando com a arte pura da fuga musical, o grande artista conseguiu abstrações em movimento, por vezes tão possantes como as de um Picasso, ou graciosas, principalmente graciosas, como as de um Candinsqui. Jamais a luz obteve mais delicadas carícias, volúpias mais mornas, intensidades mais dramáticas. E então quando, no fim, após o violento retorno à vida provocado pelo caixão andando sozinho, o desenhista traduz cada rajada das cordas por irrupções luminosas, não é possível conceder mais convincente expressividade dramática à luz em movimento abstrato. Pela primeira vez a abstração plástica consegue igualar as misteriosas expressividades insabidas da música.

As cenas imaginárias, baseadas no "Quebra-Nozes" de Tschaicóvsqui, com seus elfos menos felizes, suas flores, seus peixes, seus noturnos, seus efeitos de água ou de nevada, ainda se conservam na maior elevação criadora. Walt Disney principia aqui, se aproveitando, se inspirando é milhor, de elementos fornecidos pela ciência (como as miríficas formas dos cristais de neve) e os desenvolve fantasticamente, até alcançar flores orvalhadas e certos peixes que são a coisa mais linda que, cinematograficamente, se possa imaginar. E sempre o lado satírico, como é específico deste grande criador, acompanha o lado lírico das suas invenções. A cena dos cogumelos, o bailado das flores humanizadas, caindo de saias erguidas para o espectador, na cascata, fundem em tal unidade convincente o lirismo ao cômico, que estamos na mais desapoderada complexidade da invenção criadora.

O "Quebra-Nozes" é de uma unidade conceptiva verdadeiramente admirável, apesar da sua variedade estonteante e itinerante. E isso porque o grande artista se entregou ao pleno domínio da subconsciência, obtendo assim uma espécie de sobrerrealismo, que deixa longe quanto se fez, neste sentido, em pintura parada, e se equipara ao que já se fez na própria poesia. E com efeito, o cinema, que é movimento e imagem, se presta mais que nenhuma outra arte a se exprimir no domínio, também movimento e imagem, da subconsciência. O "Quebra-Nozes", não de Tschaicósvsqui, coitado, mas de Walt Disney, é integralmente associativo. E a sua unidade se baseia exclusivamente nisso: as formas e movimentos derivam uns dos outros, por associações e por constelações de imagens de toda espécie, e que, por mais inesperadas para o nosso deslumbramento, são de uma lógica irretorquível. E, aliás, estamos em plena psique, em pleno "estilo" Walt Disney. Não a parte satírica do fabulista, mas a sua alma delicada e lírica. É aquela sua graciosa ao mais não poder e encantada maneira de amar a natureza sem homem, aquele seu sentimento "inglês" que já o tornara de uma grandeza shakespeareana nas cenas da bicharada, em "Branca de Neve" e na genial "Morte do Pintarroxo".

Talvez levado pelo proveito que soubera tirar no "Quebra-Nozes" (a música neste filme é indissolúvel das imagens plásticas, por isso me refiro sempre a ela) das sugestões científicas, Walt Disney apresenta, em seguida, sobre a "Sagração da Primavera" de Stravinsqui, a sua concepção, "científica" dirá o espíquer, da formação da terra e seus primeiros tempos pré-históricos. É uma das peças irregulares do filme. O artista, que soube com tanta força criadora se libertar dos programas musicais nas duas peças anteriores, preso agora a um programa, lidando animais, árvores e descrições telúricas de que não tem a experiência, perdeu o milhor das suas qualidades. A própria cor, condicionada por suposições "científicas", se desvirtua por completo em suas possibilidades cinematográficas. Mas disto falarei mais adiante. Em todo caso, com seus múltiplos defeitos, esta parte contém dois momentos grandes: a briga dos dois monstros antidiluvianos, e a migração dos bichos acossados pelo frio. Desde o instante em que, pela primeira vez, os bichos pastando pressentem a chegada do inimigo e levantam a cabeça, auscultando o ar, um frêmito impaciente de inquietação nos agarra, os ritmos formais se intensificam, o próprio ridículo de certos galopes monstruosos acentua o trágico da cena. E na luta entre os dois monstros, o grande artista obtém um clima dramático da maior ferocidade. É formidável.

Logo em seguida, quando bate a invernia, e o artista faz os bichos imigrarem soprados pelo vento e as tempestades de neve, onde ficou a festiva sagração da primavera, e os seus rituais prehistóricos na Rússia? Ficou outra coisa, nem milhor nem pior, outra coisa, duma tristeza, duma grandeza, duma força impressionantes. A música fere o nosso olhar, a visão fere o nosso ouvido, e tudo é o mesmo paroxismo da devastação. É o trágico, no seu mais estético sentido. É aquela força superior, pouco importa si terrestre, si divina, predeterminada e fatal, que leva às incomensuráveis convulsões da vida.

A segunda parte de "Fantasia", mais irregular que a primeira, ainda guarda pelo menos duas criações esplêndidas. Uma é, logo no começo, o sr. Som, chamado a se manifestar na tela. Ainda aqui, como na Fuga de Bach, é o timbre e o movimento musical que sugestionam a fantasia do desenhista. Walt Disney interpreta os timbres com prodigiosa identidade plástico-sonora; e os efeitos de lirismo e de grotesco luminoso são inesquecíveis.

E também magnífica é a "Dança das Horas", onde o artista se apresenta na plenitude do seu poder de interpretação satírica da vida, por meio de animais. Consegue mesmo o mais impedioso sarcasmo, fazendo a maior caçoada que a dança "clássica" jamais sofreu, em seu refinamento e gratuidade. E então, no final turbilhonante, se aproveitando das formas angulares dos avestruzes, redondas de hipopótamos e elefantes, e dos jatos lineares dos jacarés, o desenhista atinge antíteses plásticas e cacofonias rítmicas dos mais impagáveis efeitos cinemáticos.

Não é possível mais dúvida: o cinema é um mundo novo. Um novo mundo de intuição definidora, em que a arte impõe aquelas mesmas manifestações religiosas ou cultivadoras de demiurgos míticos, com que de primeiro se manifestou. "Fantasia" é tão funcional como os desenhos de Altamira, ou o brônzeo carro solar de suevos inimagináveis. A diferença é apenas histórica. E desesperadora talvez... Aqueles me conduziam à construção dos napoleões, os vários mitos... "Fantasia" me impõe a destruição desses ideais. "Fantasia" tem a lição da guerra científica atual: onde ficou a validade do homem? Vamos para o "Grouchismo", dirá o crítico sarcástico de "Clima". Ou acaso vamos para a mistificação de novos napoleões?... "Fantasia" não diz. Ou diz a seu modo, rindo com a maior vaia que nunca o homem sofreu: tudo se resume e se resumirá, pelos séculos, a uma estratificada e convencional briguinha entre o Mal e o Bem. E também a esse gênero conhecidíssimo de feiticeiros, que só fazem feitiçaria pra obrigar os outros a trabalhar para eles — ora será possível! "Fantasia" não me deixa propriamente desesperado: me dá vontade de fazer declaração de amor a um bonde da Light e trair o bonde com qualquer Turquia, ora bolas!

O resto do filme é de uma enorme irregularidade. Walt Disney se repete infantilmente, com a mesma irresponsabilidade da guerra atual. Abusa das tempestades, como a guerra atual, das enchentes, como a guerra atual, bolas!

Na "Pastoral", o artista escapou de ficar quase nas mesmas alturas da Fuga, do sr. Som, do "Quebra-Nozes". A invenção dos cavalos alados nos repõe no Walt Disney lírico — uma das suas mais sensíveis invenções. Todos os episódios da égua branca e dos filhos, levam a gente aos cumes do sentimento de poesia. O casal de cavalos é de uma elevação de pensamento, de uma nobreza de ritmos e de formas, absolutamente extraordinários. Walt Disney consegue aqui uma das raras expressões realmente belas da felicidade conjugal, em arte. Beethoven ficaria orgulhoso, em sua grandeza moral, desse casal de cavalos.

Mas figuras importantes na "Pastoral" são também os centauros, e neles se escancara a incapacidade de Walt Disney na representação da figura humana. É estranho que um artista que sabe mover um olho de avestruz ou de peixe com tanta vida interior, não consiga fazer vibrar com sensibilidade um olhar de moça! Toda a intensa humanidade de Walt Disney vai para os seus bichos, e estes guardam por isso um formidável poder crítico. Poderiam argumentar que a irracionalidade insensível dos seres humanos de Walt Disney, ainda é um valor crítico. Seria e formava um contraste genialmente trágico, si essa irracionalidade se apresentasse como irracionalidade. Em vez ela se apresenta diluída num estereotipado e num sentimental, sem a menor força de expressão e de sentido. O trágico da irracionalidade humana, nós o teremos que buscar em Chaplin, não em Disney. Aliás um dos detratores de "Fantasia" chamou habilmente a nossa atenção para a banalidade de desenho das figuras de Walt Disney. Essa banalidade é indiscutível. Porém por dois lados há que reviver o problema, sem o encerrar assim num julgamento aparentemente conclusivo. Em primeiro lugar, as figuras de Walt Disney são banais, *enquanto desenho parado*. Vistas num papel, são banais. Mas o cinema é movimento e com isto o problema se complica bem. O desenho de Rembrandt, as figuras do Goya água-fortista, os hominhos de Breughel ou de Daumier nada têm de banais. Mas eu apenas me pergunto, sem a menor intenção de ficar num julgamento negativo: quais as suas possibilidades de movimentação cinematográfica? E, por outro lado, eu verifico que Mickey Mouse, os anõezinhos de "Branca de Neve", os peixes, potrinhos, flores, elefantes e jacarés de "Fantasia" são banais e que no entanto, movidos, eles me interessam, me sensibilizam e comovem. Ao passo que a mesma Branca de Neve e o seu príncipe, os centauros, as ondas e fogaréus de "Fantasia" são igualmente banais e me deixam sem a menor ressonância artística. Talvez a força de comoção artística do desenho animado não derive exatamente da banalidade do traço e da concepção *enquanto desenho,* mas enquanto possibilidade de animação e movimento... Não sei.

Outro lado por onde o problema se complica, nasce da própria essência do desenho animado, a sua "falsificação" essencial da realidade; enfim: o arrombamento do limite existencial das coisas. O banal das figuras de Walt Disney deriva em grande parte de uma simplificação estilizadora, que pertence indiscutivelmente a esse decorativo, tão comum nos livros infantis de todas as raças e países. Não é propriamente "nacional", pois é justo nos seus momentos milhores que Walt Disney se liberta desse colorismo insípido da maioria dos livros ilustrados ingleses. É exatamente "infantil", e portanto "geral", humano, universal, como o são as reações infantis e o seu mundo psicológico. (Aliás estou imaginando que a simplificação primária dos desenhos de crianças, esses calungas que têm um círculo por cara e cinco traços por corpo e membros, podiam adquirir uma extraordinária vitalidade expressiva, no desenho animado...) Ora o desenho animado, si nos convence e nos ilumina tanto, deve ser também porque ele nos reverte a esse infantilismo profundo e inamovível que persevera em nós, apesar de toda a nossa adulta materialidade. Ele arromba o limite existencial das coisas e nos coloca num mundo de milagre. Num mundo fantasmagórico, mais exatamente que fantasmal. Eu disse atrás que o desenho animado sofre um condicionamento de minutagem, que o torna fatigante quando longo. Não provirá isto do seu e nosso infantilismo, incapaz de perdurar em nossa materialidade adulta?... Talvez o banal, o convencionalismo do desenho animado seja uma necessidade de essência. Derive da sua própria realidade "poética". Do seu destino psicológico. E moral...

E o problema da cor? Em toda a Fuga, em todos os momentos de fantasia pura, e mesmo em outros passos freqüentes, o grande artista alcança maravilhosos efeitos de colorido. Mas o que me parece importantíssimo verificar é que, justo nesses momentos, se dá uma adequação perfeita entre a criação e o seu material, lei eterna! É justo nesses momentos que a cor se torna luz; e o cinema não tem como material a cor, mas exatamente a luz. Para o meu gosto, o colorido cinematográfico ainda não conseguiu resultados satisfatórios, é apenas uma infância que promete, sem outras credenciais mais que a esperança. Mas eis que Walt Disney, auxiliado pelos seus técnicos, num golpe verdadeiramente genial que é a milhor lição artesanal de "Fantasia", em vez de colorir o branco e preto da fotografia, se lembra de colorir a luz. Enfim: no cinema, que é luz, em vez da luz se transformar em cor, o que a empobrece e embaça, a cor é que se sublima em luz. Em passagens como as citadas, e ainda nas tão convincentes manifestações do sr. Som, a luz se expande em toda a sua personalidade com uma riqueza de vibração, com tais belezas de combinações cromáticas que chega a ser delirante.

"Fantasia" não é uma obra-prima. Nem chega a ser uma obra, no desconchavo irredutível das suas peças diferentes. Mas tem partes inteiras e valores que a tornam um dos monumentos da arte contemporânea.

Romanceiro de Lampeão (1)

1932

(1) Publicado na "Revista Nova" de S. Paulo, sob o pseudônimo de Leocádio Pereira.

O cantador nordestino tem duas formas principais de poesia cantada: o Desafio e o Romance. O primeiro é a forma dialogada, em uso sempre que dois ou mais cantadores se encontram; é a que mais se presta à improvisação. Porém mesmo no Desafio grande número das estrofes surgidas, como de improviso, são, na realidade, estrofes decoradas, extraídas da abundantíssima literatura de cordel nordestina. O Romance é a forma solista por excelência, poesia historiada, relatando fatos do dia. Qualquer caso mais ou menos impressionante sucedido no Brasil, e às vezes mesmo no estrangeiro, é colhido nos jornais por algum poeta popular praceano, versificado e impresso em folheto. O cantador rural, a infinita maioria das vezes analfabeto, decora o folheto, com auxílio de algum intermediário alfabetizado, e lá se vai cantando o romance, brejo, catinga e sertão afora.

Os casos e heróis do cangaço interessam muito particularmente trovadores e ouvintes nordestinos. Os romances do ciclo dos cangaceiros são numerosíssimos e só Antônio Silvino produziu vasta literatura de cordel. Lampeão o segue imediatamente atrás, nessa literatura, e mui provavelmente ultrapassará o rival. Gustavo Barroso, nas suas "*Almas de Lama e de Aço*", apenas dá notícia dum romance sobre Lampeão, intitulado "História do Bandoleiro Lampeão". Vou adiantar um bocado o romanceiro do bandido famoso.

Eis o tipo de Lampeão tal como o relata João Martins de Ataíde em "*A Entrada de Lampeão*," (veja bibliografia no fim deste artigo):

Estatura mediana
O corpo bem comedido
O rosto bastante oval
E queixo muito comprido,
Eis os traços principais
Deste que entre os mortais
Torno-se tão conhecido.

(Corrigi os numerosos erros de grafia derivados de pura incapacidade gráfica.)

Ele traz o seu cabelo
Americano cortado
Traz a nuca descoberta
Usa o pescoço raspado,
Os dedos cheios de anéis
Boa alpercatas nos pés
P'ra lhe ajudar no *serrado.*
Tinha calça de bom pano
Paletó de brim escuro
No pescoço um lenço verde
De xadrez e bem seguro
Por um anel de brilhante
Que se via faiscante
Por ter um metal mais puro.

Usava óculos também
P'ra encobrir um defeito
Molestia que Lampeão
Sofre no olho direito,
Mesmo assim enxerga tudo
Pois no sertão tem estudo
Faz o que quer a seu jeito.

Eis o homem. O início da sua vida de criminoso é mais ou menos vago, embora os romances concordem com o caso relatado por Érico de Almeida de se ter... decidido a profissão de Virgulino numa feira. O anônimo da "*História do Capitão Lampeão*" relata assim os princípios do cangaceiro:

Depois que Antônio Silvino
Se entregara à prisão,
Ficou substituindo-o
Virgolino Lampeão,
Um cangaceiro ilustrado
Que com um grupo bem armado
Domina o alto sertão.

Dos sertões de Pernambuco
É natural Virgolino,
Nasceu no mesmo torrão
Em que vivera Silvino,
Nas margens do Mochotó
Onde o homem vive, só
Pensando em ser assassino.

Seus pais eram quase ricos,
Botaram-o no Seminário
De Alagoas onde ele
Pretendia ser vigário,
Mas sendo outra a sua sina
Ele rasgou a batina
E tornou-se um temerário.

(Essa história de Lampeão seminarista não vem referida por ninguém, parece lenda.)

Lampeão era parente
Do grande Antônio Silvino
E trouxe quando nasceu
De ser bandido o destino.
A parteira que o pegou
Um dia profetizou
Que ele seria assassino.

(É a única referência a parentesco entre Lampeão e Antônio Silvino que conheço.)

No Riacho dos *Navios*
Teve ele o berço natal,
No centro de Pernambuco
Bem longe da capital,
Terra onde impera o cangaço
Aonde a força do braço
Maneja o rifle e o punhal.

(De fato: Lampeão nasceu no sítio Passagem das Pedras, distrito de Carqueijo, zona do Riacho do Navio.)

Tinha quinze anos de idade
Quando um dia foi *a* feira
Junto com dois irmãos seus
No Afogado de Ingazeira,
Um cabra deu-lhe um bofete,
Ele puxou um canivete,
E passou-lhe uma rasteira.

O cabra desaprumou-se
E foi de ventas no chão,
Lampeão com o canivete
Apunhalou-o no vão,
Tomou-lhe então o punhal
Uma pistola central
E bastante munição.

Chegaram seus dois irmãos
Que também estavam armados,
Disseram vamos embora
Si não estamos desgraçados,
Mas, por seis cabras valentes
Que eram do morto parentes
Estavam eles cercados.

Então *feichou-se* o comércio
E choveu bala meia hora;
Lampeão pulava mais
Do que burro na espora,
Perdeu na luta um irmão,
Mas deixou mortos no chão
Seis cabras e foi embora.

(Deixou na realidade dois mortos e não perdeu nenhum irmão.)

Quando ele chegou em casa
Seu pai botou-lhe a benção,
Deu-lhe um abraço e lhe disse:
Meu filho do coração,
Serás como teu avô
Que cento e tantos matou
E nunca foi *a* prisão.

Segue o fechamento de corpo de Lampeão e os admiráveis conselhos do feiticeiro, compadre Macumba. Vejamos alguns passos:

Foi *a* casa de Macumba
E ele fez o serviço,
Feichou o corpo do rapaz
P'ra bala, faca e feitiço,
Então disse a Lampeão:
Não haverá valentão
Que pise no teu toitiço.

Primeiro ele sujeitou-se
A um processo arriscado,
Em um caixão de defunto
Passou uma noite trancado
O feiticeiro o ungiu
E quando ele de lá saiu
Estava de corpo fechado.

Disse-lhe o velho Macumba:
Agora podes brigar,
Bala não te fura o couro,
Faca só faz arranhar,
Feitiço não te ofende
E a polícia só te prende
Depois que eu me acabar.

Porém depois que eu morrer
Ficarás de corpo aberto,
Tudo pode acontecer-te,
Deverás andar *alerto,*
Pelos maus serás vencido,
Deves viver prevenido
Que a morte terás por certo.

E dado o "patuá de oração":

Disse o feiticeiro a ele
Isso é p'ra te defender
Dos soldados de policia
Que procuram te prender
Toda reza é valiosa
Mas a oração mais forçosa
Que sei é a de S. Correr.

A oração de S. Correr
Consiste em seres esperto,
Teres pernas resistentes
Pé ligeiro e pulo certo;
Não quereres resistir...
Teres força p'ra fugir
Até sair do aperto.

A oração de S. Ligeiro
Rezai si fores brigar;
Essa oração é tão forte
Que te ensina a pular;
E faz bala não te romper
Cacete não te bater
E faca não te furar.

Essa oração consiste
Em teres agilidade,
Saberes dar grandes pulos
Com muita velocidade;
Só desempenha ele bem
O cangaceiro que tem
Perícia e habilidade.

Todo *o* dia te encomendes
Ao velho S. Traiçoeiro,
S. Brado, S. Vigilante
E a S. Escopeteiro,
Com este hás de aprender
A munição não perder
Teu tiro será certeiro.

Encomendar-se a S. Brado,
Consiste em ser valente,
Arruaceiro e perverso,
Atrevido e insolente;
Orar a S. Vigilante
E viver a cada instante
Pronto para o *acidente.*

Orar a S. Escopeteiro
Consiste em ter a mão certa
O indicador ligeiro
Vista boa e bem esperta,
Orar a S. Traiçoeiro
É ser sagaz e matreiro
E ir sempre em hora incerta.

Também tenhas devoções
Com Santo Desconfiado,
Não te *esqueça* de rezar
Para o velho S. Cuidado,
Não tenhas o ouvido moco,
E ao velho S. Dorme Pouco
Deves ser afeiçoado.

Orar a S. Dorme Pouco
É viver sempre acordado
Enganando o próprio sono.
A oração de S. Cuidado
Consiste em viver ativo,
Com o olhar sempre vivo,
Como quem vive assombrado.

Lampeão resolveu logo
Dos intrigados dar cabo
E saiu *de ali* pior
Do que Roberto do Diabo.
Não houve no Pageú
Outro assassino tão cru
E outro bandido tão brabo.

É o encontro de maravilhas como essa que compensam o estudo da literatura de cordel... Mas o exímio colocador de pronomes desse romance, produziu realmente uma peça interessantíssima pelos assuntos tradicionais com que bordou a sua história. Nele vêm a descrição de indivíduos façanhudos tão peculiar aos Desafios nordestinos; a luta de Lampeão com o Diabo, mito de Orfeu tão universalizado e que é absolutamente geral na tradição dos cantadores nordestinos; e a descrição do Marco de Lampeão, a sua fortaleza, tradição singularíssima, que tem dado ao romanceiro nordestino alguns dos seus romances mais notáveis como riqueza de invenção.

Eis alguns dos asseclas de Lampeão:

Entra em fogo e não se queima
Pega corisco com a mão
Vidro ralado é p'ra ele
Um excelente pirão
Só bebe sangue de gente
Mata qualquer inocente
Sem raiva nem precisão.

O segundo é um negro
Que acode por Caçote
Este é uma onça na furna,
Uma oficina de morte,
Seu rifle não mente fogo,
Seu punhal não perde o jogo,
Seu facão não falha o corte!

No dia em que se zanga
Come pedra e não se entala,
Fuma pólvora com pimenta
Por bolacha come bala!
Mata a quem falar com ele
E atira até na mãe dele
Si em sua frente encontrá-la!

Para este (Onça Brava) não existe
Nem afago nem carinho,
Diz que chumbo derretido
P'ra ele é milhor que vinho,
Bebe sangue de serpentes
Mata cobra com os dentes
E dá murro em porco-espinho!

O sexto é um cabra fulo
Que acode por Dragão,
Este pegando um soldado
Arranca-lhe o coração,
E sem do fogo ter medo
Assa-o na ponta do dedo
P'ra comê-lo com pirão.

Continua descrevendo façanhas e mais façanhas até a famosa luta do Serrote Preto em que morreram os tenentes Oliveira e Joaquim Adauto. Então Virgulino foge e encontra o seu marco:

Lampeão com o seu grupo
Para bem longe arribou,
E na serra do Araripe
Uma fortaleza achou
Toda feita de granito
Em um lugar esquisito
Onde ele se arranchou.

Segue a descrição do marco inatingível, cercado por um rio "que a braço não se atravessa", uma terra com "mil feras malvadas", um descampado ao pé da rocha do marco, tão amendrontador "que fica-se ali parado"; uma tribo de caboclos (índios) adestrados por Virgulino e prontos pra destruir qualquer exército, e enfim dentro do forte, Lampeão, só com vinte companheiros, mas que "são vinte feras humanas, vinte lobos carniceiros":

> Ele ensinou a seus cabras
> A comer de mês em mês,
> Beber água por quinzena
> Dormir no ano uma vez
> E mesmo sem estar zangado,
> Atirar em um soldado
> E derrubar dezesseis!

Aliás no mesmo voluminho vem outro romance intitulado "*O Marco de Lampeão*", mas que é poeticamente bastante inferior a esse de que falo e infelizmente não pude citar na íntegra pra não alongar excessivamente esta notícia. É então que aparece o Diabo e Lampeão briga com ele:

> Aí o negro partiu
> E disse vamos a ela
> Você hoje vai comigo
> Já deixei *pronto* a panela;
> Vou comer-te em panelada,
> Do *fato* faço buxada
> E do sangue cabidela.

> Lampeão atirou nele
> Mas quando a bala partiu,
> Na boca o negro aparou-a
> Cuspiu-a fora e sorriu.
> E disse: bala p'ra mim
> É comida de festim,
> Foi *quem* sempre me nutriu.

Então ele com o punhal
Tentou furar o diabo
Porém a ponta da arma
Envergou até o cabo
Sem que lhe arranhasse o couro,
Satanaz por desaforo
Deu-lhe uns cascudos com o rabo.

Lampeão *hi* (1) benzeu-se
E chamou por S. Cipriano,
Dizendo ao santo livre-me
Desse negro deshumano;
Disse o diabo com espanto:
— Não precisa chamar santo
Porque já mudei de plano.

Acalma-te Lampeão
Que não mais te ofenderei,
Machoca esses quatro dedos
Que teu amigo serei;
Desejo ser um teu sócio
Vamos entrar em negócio
Pois eu te protegerei.

E fazem o pacto selado com sangue de Lampeão que o Diabo bebe e leva um pouco pro Maioral (nome que dão no Nordeste ao chefe dos diabos). O Diabo protegerá sempre Lampeão em troca da alma deste e também porque dos quinhentos indivíduos que Lampeão matar, sempre uns dois centos de almas... irão pro inferno. São dignas de se escutar as reflexões que o Cão faz, partindo:

Não entrarás na igreja,
Fugirás da confissão
A calúnia e a falsidade

(1) Este *antiquarismo* assombroso deve não passar de um engano de impressão. Imagino que o *h* está malavisadamente excitando a nossa erudição fácil, achado na caixeta dos tipos AA, pois ainda não se trata de linotipos.

Tu terás por divisão
Orações não rezarás;
E por santos não chamarás
Nem que tenhas precisão.

Os bens dos ricos pertencem
A quem os puder furtar,
Portanto é feliz aquele
Que rouba até enricar,
Serás ladrão e *humicida*
Pois só deixarás com vida
O que não puderes matar.

E afinal o romance acaba, Lampeão indo caçar e encontrando uma tigre (onça preta). A luta entre ambos é admirável de vigor e movimento:

Entrou numa grande furna
E dentro ouviu um rugido.
Foi o ronco duma tigre
Que o deixou aturdido;
O rifle apertou na mão
Porém nessa ocasião
Foi pela fera agredido.

Deu inda um tiro na tigre
Que sobre ele se lançou,
E deu uma tapa no rifle
Que bem longe o atirou;
O monstro não foi ferido,
E quando ouviu o estampido
Mais *assanhada* ficou.

Ele pulou para trás
E da *garruncha* puxou,
Porém no mesmo momento
Que um tiro lhe *desparou*,
Por meio de outra bofetada
A arma lhe foi tomada
E desarmado se achou.

Pulou p'ra trás novamente,
Puxou da cinta um punhal,
E apertou-o na mão
Com uma ira infernal;
Manejou ligeiro o braço
Mas só furava o espaço
E errava sempre o animal.

A onça era tão ligeira
Como uma exaltação;
Lampeão sempre pulando
Mal sentava os pés no chão.
Não conseguia furá-la
Porém somente em matá-la
Estava a sua salvação.

Pulou para trás, e o chapéu
Numa das *mão* segurou
E quando a onça partiu
Ele os olhos lhe tapou
E marcando-lhe o pé da goela
Seu punhal enterrou nela
E dentro a arma deixou.

A tigre ao ver-se ferida
Um enorme salto deu
E por cima dum lageado
O corpo em cheio estendeu
E mortalmente ferida
Rugindo enraivecida
Ali mesmo ela morreu.

Esse é o mais bonito dos romances de Lampeão e certamente um ótimo exemplar da literatura de cordel nordestina. Sem abandonar a verdade histórica, é admirável a destreza com que o cantador se transporta da verdade pro lendário, fundindo história e liberdade de invenção com uma firmeza excepcional. Quanto aos versos que estão com os pés errados pela métrica erudita, convém notar que a dicção cantada os reduz sempre ao metro certo, pois são obras feitas pra serem cantadas e não lidas. E além disso muita conjunção dando oito sílabas reais ao verso ("(E) marcando-lhe o pé na goela" por ex.) na verdade não existe no canto. Surge por atrapalhação gramatical do poeta quando, em vez de cantar desprendidamente, ele dita pra cópia ou, mais raramente, escreve os versos que inventou.

Possuo ainda mais oito folhetos com romances sobre Lampeão. Todos eles se prendem mais particularmente à verdade histórica. Uma coisa que impressionou bem os cantadores foi um possível anúncio que Lampeão pôs em jornal de Recife pedindo cangaceiros decididos. Um folheto também anônimo, que traz a mais a história do "*Valente Vilela*," dá "*Os Decretos de Lampeão*," se referindo a esse anúncio. Mas o "decreto" vem milhormente parafraseado por João Martins de Ataíde no seu romance "*Lampeão foi cercado*".

O Nordeste brasileiro
Vive sempre *aflagelado*
Pelo o analfabetismo...
Que assola *pelo* o estado
Pagés e catimboseiros
Criminosos e cangaceiros
Que os sertões tem criado.

A cinco do mês corrente
Retumbou pelo sertão
Um boato alviçaceiro
Que alegra a população.
Quem a notícia ia *ouvindo*
Gritava logo sorrindo
Está cercado o Lampeão.

Mas o boato era falso, como seria ainda a famosa fita do Governo de Pernambuco no ano seguinte... (1926), mandando espalhar que o anspeçada

Liberato Correia ferira grave Lampeão. Pelo que se baixou um decreto, escrito com pena de ouro, promovendo o anspeçada a cabo. Reconhecida a fita, ficou logo o soldadinho designado pelo povo com o apelido de *Cabo Decreto*.

Depois duns comentários mais ou menos sem vida, segue o cantador:

Em um jornal do Recife
Eu li com toda atenção
Uma notícia escabrosa
Que chegava do sertão
No jornal tinha um decreto
Lançado por Lampeão.

Lampeão pede trinta cabras pra completar o grupo dele e exige certas qualidades:

Primeiro é ser criminoso
Dar provas que é valente
Romper três horas de fogo
E nem siquer sair doente
Nunca ter se acovardado
E ter seu rifle marcado
Com a morte de muita gente.

O segundo é ser bem moço,
Mau, assassino e tirano,
Conhecer brenha e caverna
Do sertão pernambucano
Conhecer bem as pessoas
Desde *do* estado de Alagoas
Ao centro paraibano.

(........)

Sexto é saber atirar
Dentro da capoeira escura
Mostrar sua identidade

Pelos *os* atos de bravura
Enfrentar qualquer perigo
Balear seu inimigo
Com três léguas de lonjura.

Sétima é não confiar
Em quem trouxer distintivo
É milhor viver sozinho
Sempre alerta e muito ativo
Temos aí um espelho
Seguro morreu de velho
Desconfiado está vivo.

Depois que esta notícia
Retumbou pelo sertão
Teve cabra que seguiu
Rasgado e de pé no chão
De pistola e bacamarte
P'ra *vê* si tomava parte
No grupo de Lampeão.

Lampeão bem avisado
Além disso escopeteiro
Via si o tal cabra tinha
Jeito p'ra ser cangaceiro
O que servia ficava
Não servindo ele expulsava
Depois de apanhar primeiro.

É curioso a gente notar que no geral o que interessa os cantadores são as lutas de Lampeão com a polícia, as mortes descritas simplesmente, ou então o que liga Lampeão com a lenda. Os refinamentos, os suplícios, as anedotas históricas ou não de Virgulino, raro entram no romanceiro. Os próprios casos de moças estupradas, que fazem o sucesso do noticiário dos jornais, raros são referidos nos romances. O anônimo de "*Os novos Crimes de Lampeão*", conta de passagem o famoso caso dos noivos e um menos conhecido de 3 normalistas, tudo em apenas duas estrofes:

No distrito de Cajazeiras
Perto do lugar Tatus
Em um casamento eu fiz
Os noivos dançarem nus,
Pintou-se o sete e o bode
E no meio do pagode
Mandei apagar a luz...

Depois encontrei três moças
Todas da Escola Normal
De Cajazeiras, e um velho
De aspecto paternal,
Ao velho eu amarrei
E o que fiz *as* moças não direi
P'ra não ferir a moral.

Se percebe desde logo que um pudor, ou milhor, um certo lado grego destes rapsodos nordestinos faz eles se desinteressarem dos casos de sexualidade, e se preocuparem mais com as lutas e as grandes linhas trágicas em que o Fado dum herói tem uma finalidade mais social, mais coletiva.

Nos "Conselhos do Padre Cícero a Lampeão" apenas três estrofes seguidas, como que pra acabar logo com o assunto, referem violações de mulheres:

Lampeão todas as portas
A coices de arma arrombou
O saque então foi completo
De tudo ele se apossou...
E de seis mulheres casadas
Que estavam apavoradas
Ele a honra violou.

Uma mocinha honesta
Passou pela mesma dor!
Com uma infeliz viúva

Praticaram tal horror
Que ela desfalecida
Ficou quase que sem a vida
Dos monstros sob o furor!

Dos sertões de Pernambuco
Lampeão já se apossou.
Ali vinte fazendeiros
No mês de abril assaltou
Perseguindo as moças belas
De mais de vinte donzelas
A honra prejudicou!

Só o cantador Manuel Tomaz de Assiz Limão na "*Entrada do Réprobo Lampeão*" no Rio Grande do Norte demonstra os seus instintos pessoais, insistindo no defloramentos dos cangaceiros:

Vamos tratar dos horrores
Que esse monstro tem feito
Um perverso desordeiro
Nem mesmo a Deus tem respeito
E um grupo de profanos
Meninas de 12 anos
Ele *preverte* sem jeito.

Uma povre viúva
Possuia 3 donzelas
Lampeão chegou com o grupo
Deflorou todas elas
Quarenta homens com as três
Mataram então desta vez
Sangraram mais a mãe delas.

Um velho tinha uma moça
Lampeão pôde ver ela
Obrigou o pai a ver
Roubar ele a honra dela
O velho não quis olhar
Ele conseguiu furar
Os olhos e sangrou na goela.

Uma fazenda do centro
Ele cercou uma tarde
Na casa tinha seis moças
E no cativeiro arde
Mataram u'a das seis
As 4 para 43
E uma para o cobarde.

E o resto do romance ainda continua lembrando de vez em quando os crimes contra virgindade porque:

Lampeão traz assombrado
Desde o rico *a* populaça
Vale dez anos de seca
No lugar onde ele passa
Sendo casada ou donzela
Lampeão derrota ela
O mundo fica em desgraça.

Os dois fatos porventura mais curiosos da vida de Lampeão são a ida a Joazeiro e o assalto a Mossoró em 1927. Ambos os fatos estão variamente cantados no romanceiro de Lampeão. Já no "*Marco de Lampeão*" o cantador relatando o caso engraçado que se passou com um representante da Standard Oil, dá a salvação deste como devida ao padre Cícero:

O homem pediu em nome
Do padre Cícero Romão
Que lhe poupassem a vida
E o bandido Lampeão
Que obedece temeroso
À esse padre virtuoso
Ao homem deu o perdão.

A tradição é essa: que Lampeão respeita o "nosso padim". E "nosso padim" a Lampeão... O Padre Cícero deve ter ficado bastante assombrado com o desplante sublime de Lampeão ir a Joazeiro, e decerto achou milhor não se meter com o bandido, apesar da aparência de facilidade em prendê-lo numa cidade importante, policiada e o santo rodeado dos seus fanáticos. Martins de Ataíde inicia o seu romance sobre a "*Entrada de Lampeão na Cidade do Padre Cícero*" assim:

O dia doze de março
Foi alegre alviçareiro
Porém para o sertanejo
Tornou-se quase agoureiro
A polícia protestou
Quando Lampeão entrou
Na cidade Joazeiro.

Continua relatando a entrevista de Lampeão com um jornalista, a descrição é viva:

Num tamborete sentado
Lampeão só respondia
As perguntas que o repórter
Com acento lhe fazia
Sempre de arma na mão
Prestando muita atenção
Ao movimento que havia.

Assim naquela atitude
Rosto firme olhar insano
Quem o visse não dizia
Ser um ente deshumano
Prestava atenção a tudo
Com um caráter sisudo
Parecia um soberano.

Na estrofe que segue surpreende-se ao vivo a origem etimológica das palavras Cangaço e Cangaceiro:

Suas armas pesam muito
Porém Lampeão não sente
Mais de quatrocentas balas
Carrega *sobsalente*
As vezes dói-lhe o espinhaço
Porque o grande cangaço
Empina ele p'ra frente

O repórter perguntou
A Lampeão sua idade
Tenho vinte e sete anos
Com toda serenidade
Sinto-me bastante forte
Não tenho medo da morte
Nem fujo da autoridade.

Relata o episódio da velha:

Disse a velha aqui eu trago
Remédio p'ra sua dor
Guarde consigo esta imagem
E tenha fé no Criador,
Pelo poder do *Micias*
Inda brigando dez dias
Bala não fere o senhor.

Recebeu ele a imagem
Da forma que lhe convinha
Acreditando o milagre
Que a velha disse que tinha
Pegou um dos seus anéis
E mais um conto de réis
Botou na mão da velhinha.

E então conta que Lampeão salvou um contingente legalista num combate contra os revoltosos de Luiz Carlos Prestes, a inquietação do povo e afinal termina com a consulta ao padre Cícero si poderiam prender Lampeão:

Colho estrofes:

O povo de Joazeiro
Todos queriam saber
Ali naquela cidade
Lampeão que foi fazer
De fato a sua presença
Produziu a mais imensa
Dúvida que se pode ter.

(........)

Da polícia de Joazeiro
Houve grande oposição
Porque queriam prender
O famoso Lampeão,
Não puderam conseguir
Porque precisavam ouvir
O padre Cícero Romão.

Disse o padre, nesse ponto
Eu nada tenho a dizer
Falsidade *aquele* homem
Também não posso fazer
Como é que eu vou maltratar
Quem ajudou a livrar
Nosso povo de morrer?

Todos olham bem p'ra ele
Com muito ódio e rancor
Eu sou chefe da igreja
Dei provas de bom pastor
Não consinto violência
Tenham Santa paciência
Não posso ser traidor.

O que eu posso arranjar
Para não ser censurado
É fazer por onde ele
Só ande aqui desarmado
E tomo conta do resto
Faço dele um homem honesto
Pacato e moralizado.

O romance acaba aí, mas outro, dum anônimo, relata os "*Conselhos do Padre Cícero a Lampeão.*" Conselhos pacatos e duma indecência sadia. Mas Lampeão recusa se regenerar porque "já tem cento e vinte mortes e está no crime empedernido". O padre insiste mais e a entrevista entre os dois heróis acaba com estas moralidades sertanejas:

— Sr. padre eu continuo
No cangaço inda três anos
Para poder pôr em prática
Do meu programa os planos
Depois, aqui voltarei
E então lhe confessarei
Todos meus crimes e danos.

Lampeão ao despedir-se,
O padre o abençoou:
Então ele mais dez cabras
Ao seu grupo incorporou,
Chegara lá com cincoenta
E ao sair tinha sessenta
Cabras a quem ele armou.

A regeneração de Virgulino preocupou especialmente o cantador Francisco Maraba. O seu romance "*Notícias de Lampeão*" afinal das contas é comovente e dum doloroso bom-senso. Mostra a impossibilidade dum cangaceiro se regenerar. Lampeão oferece vinte contos e uma bolsa cheia de esterlinas:

Para *dá* a um advogado
Que forgicasse um recado
Pra livrá-lo da cadeia.

Vende o rifle, constrói uma capelinha e funda uma bandinha:

Fez um terno de zabumba
Onde bate Zé Corumba
Depois do povo rezar.

Bota roçado e vazante
Num sítio lá de Belém
Disposto *pra* trabalhar.

E chega a se candidatar a deputado mas:

Sempre foi Lampeão
Pelo Governo derrotado.

Coisa que, cá pra nós, certamente não sucederia no Nordeste, si as eleições fossem leais... Mas...

Acabar com Lampeão
É a tendência geral;
Faça ele uma justiça
É levado sempre a mal,
É atacado e se defende
Todo mundo compreende
A defesa é natural.

Toca de novo a caçada
Pega pega Lampeão
Foi um dia seu sossego
Segue atrás um batalhão
Deixou o santo e o zabumba
Meteu-se com Zé Corumba
Na catinga do sertão.

Combatemos Lampeão
Mas é forçoso concluir
Quem estaria em seu lugar
Sem danado resistir
E quem acha a morte feita
Tira seu rasto da areia
P'ra ninguém o perseguir.

É loucura do Governo
Querer prender Lampeão
Ele antes prefere a morte
Que ser levado *a* prisão
Mas enquanto ele viver
Paz alguma pode ter
O malogrado sertão.

Lampeão é um caso sério
P'ra muito se matutar
Uma charada diabólica
P'ra Satanás decifrar
Mas antes que venha a morte
Cortar-lhe o fio da sorte
Ele há de muito matar.

Parece que no sertão
Por cima do taboleiro
Até os mandacarus
Protegem o cangaceiro
Eis porque a polícia
Raramente tem notícia
Desse grande mandingueiro.

O sertanejo infeliz
Com a polícia e o cangaço
É quem sofre as consequências
Dizendo não sei que faço
Si sirvo a polícia apanho
Sirvo Lampeão levo banho
Apanhando em qualquer passo.

Quanto à sublime maluquice de atacar Mossoró, ela foi fartamente cantada pelos cantadores potiguares, o já citado Limão mais Mariano Ranchinho. Diz o primeiro:

Alerta, rio-grandense,
Mostrai que sois patriota!...
Vede o local invadido,
Sofrendo grande derrota!...

Lampeão aonde passa
Faz a maior desgraça
Dá murro que descogota!...

E continua parolando e contando estupros como já falei. Mariano Ranchinho, mais sóbrio, principia com viva nitidez:

No dia treze de junho
Quando a chuva no sertão,
Caía forte alagando
As grutas do socavão,
Em busca de Mossoró
Caminhava Lampeão.

O ataque foi feito sob uma chuvarada braba:

Naquela tremenda hora
Acinzentou o nascente
Caíu rouca trovoada
Escureceu o oriente
Os trovões estremeciam
Cordas de fogo desciam
Era um vento impertinente.

Não se divulgavam os tiros
Porque o trovão gemia,
O relâmpago faiscava
Corda de fogo descia;
A noite era tenebrosa
Era uma vida penosa
Que a cidade sofria.

Com o que coincide Mariano Ranchinho, deste jeito:

Antes disso os céus se abriram
Em chuva torrencial
Entre chispas de relâmpagos
Jesus Cristo parecia
Querer nos livrar do mal.

Cada tiro dos bandidos
Vinha em resposta um trovão
O mundo todo tremia
Como si fora um canhão
E logo que escureceu
Lampeão esmoreceu
Foi perdendo sua ação.

Uma das tradições mais curiosas do cangaceirismo é o vezo de combater cantando. É costume antiquíssimo e a ele não foge Lampeão. Já no ataque ao Apodi, vinte e oito cangaceiros de Lampeão.

Entraram cantando estrofes
Pelas três da madrugada.

No ataque a Mossoró, a cantiga escolhida foi o coco "Mulé Rendera", tradicional em todo o Nordeste, e que registrei no meu "Ensaio sobre Música Brasileira".

Mormaço tocou corneta
E os cabras rindo e cantando
O samba "mulher rendeira"
Foram saindo e atirando
Té *chegaram* de repente
Junto à igreja S. Vicente
Aí a marcha parando.

A briga foi feia e os bandidos tiveram que recuar. Perderam nesse dia dois dos seus elementos mais ferozes, Colchete e Jararaca. Colchete ficou no campo da luta; Jararaca inda conseguiu fugir, mas abandonado pelos companheiros, sem força mais, foi dar numa casinha de beira-estrada e aí morreu. Tanto o episódio desta morte como a descrição de Colchete são impressionantemente inventados por Mariano Ranchinho. Eis Colchete:

Esse bandido era um negro
Sujo, asqueroso e imundo:
Um monstro da natureza
Que Satã mandou ao mundo;
Era baixo, grosso, e feio
A boca de palmo e meio
De olhar felino e profundo.

As pernas eram cambadas
O corpo de chimpanzé
Orelhas dum burro mulo
Um bolão era seu pé;
O cabelo pixaim,
Coberto de peste ruim
Fedia como chulé.

Beiços de manta de carne
Dentes de fera zangada,
Barriga de come-longe
Queixada torta e furada
Unha comprida e sebenta
Criatura mais nojenta
Que Colchete não é gerada.

Lembra Gregório de Matos ou Tolentino pelo vigor... E Mossoró ficou como a mais luminosa pabulagem de Lampeão e sua mais tremenda derrota.

Lampeão foi se meter
A atacar o Mossoró
Pensou que era Ceará
Que a polícia tinha dó
Quase apanha de macaca
E Colchete e Jararaca
Esses ficaram no quichó.

Lampeão mesmo escapou por milagre. E corre de fato por todo o Nordeste que ele tem força fabulosa de feitiçaria, voa, tem dom de invisibilidade e de se transportar num segundo a regiões distantíssimas. Porém, o fim dele já se sabe qual é, que

Essa história de milagre
Eu tenho ouvido dizer
Mas como sou caipora
Nunca vi ninguém fazer.

Diziam que Antônio Silvino
Também era feiticeiro
Que passou dezoito anos
Chefiando cangaceiro
Foi bravo como um leão
Mas hoje está na prisão
Mansinho como um cordeiro.

Eu não gosto de abusar
Do grande poder divino
Porém o caminho é este
Quem não souber eu ensino,
Nessa tremenda questão
Vai se dar com o Lampeão
O que se deu com Silvino.

ALGUMA BIBLIOGRAFIA SOBRE LAMPEÃO

Folheto de cordel:

1 – João Martins de Ataíde, *Lampeão foi cercado;* nenhuma indicação editorial; traz, como data de autor "Recife, 15 de julho de 1925".

2 – João Martins de Ataíde, *Como Lampeão entrou na Cidade de Joazeiro acompanhado de Cincoenta Cangaceiros e como ofereceu seus serviços à Legalidade contra os Revoltosos;* nenhuma indicação editorial; data de autor, "Recife, 12 de março de 1926".

3 – João Martins de Ataíde, *Lampeão no Tiroteio de Guariba;* recenseado por Leonardo Mota em *Sertão Alegre*, p. 48.

4 – João Martins de Ataíde, *Lampeão em Vila;* v. L. Mota, op. cit.

5 – João Martins de Ataíde, *Novas proezas de Lampeão;* v. L. Mota, op. cit.

6 – João Martins de Ataíde, *História de um soldado que milagrosamente escapou das unhas de Lampeão;* v. L. Mota, op. cit.

7 – Francisco Maraba, *Notícias de Lampeão;* imp. na Papelaria Recife; data de autor, "Janeiro, 1929, Recife".

8 – Mariano Ranchinho, *O Assalto de Lampeão a Mossoró onde foi derrotado.* Agência Pernambucana, Natal, 1927.

9 – Manuel Tomaz de Assiz Limão, *Entrada do Réprobo Lampeão no Rio Grande do Norte;* Tip. d'O Progresso, Currais Novos, R. G. Norte, 1927.

10 – José Cordeiro, *A Vida Completa do célebre Lampeão;* (?).

11 – XX, *História do Capitão Lampeão, desde o seu primeiro crime até a sua ida a Joazeiro;* no mesmo folheto vêm mais os romances: *Os Decretos de Lampeão,* e *O Marco de Lampeão;* ed. F. C. Batista, Paraíba.

12 – XX, *Os Revoltosos do Nordeste;* folheto a que está ajuntado o romance *Os Novos Crimes de Lampeão;* ed. F. C. Batista, Paraíba.

13 – XX, *Conselhos do Padre Cícero a Lampeão;* ed. F. C. Batista, Paraíba.

14 – XX, *História do Bandoleiro Lampeão, 1923;* estudado por Gustavo Barroso, em *Almas de Lama e de Aço,* p. 98.

– Ainda quanto à literatura de cordel, convém notar que em outras regiões do Brasil, que não o Nordeste, se publica de quando em quando um ou outro folheto ou cantiga, referente a Lampeão. No geral coisa lírica, de pura fantasia, sem nenhum valor técnico. É o caso, por exemplo, do "romance policial cangaceiro dos mistérios do Sertão", *Lampeão, Rei do Cangaço,* de Aurélio Pernambucano, editado em fascículos por Favério Fittipaldi & C., do Rio de Janeiro, em 1927. E também o fabuloso romance em série "Os crimes do Bandido Lampeão" editado por Henrique Tôrres, em Lisboa. Tem como autor Floriano Sérgipe, e é "adaptado" por A. Vitor Machado. É obra em 15 volumes de mais ou menos 150 páginas cada um, o que perfaz o monumento de mais de duas mil páginas! A documentação verdadeira é abundantíssima no meio de tanta página em vão...

LITERATURA ERUDITA

1 – Erico de Almeida, *Lampeão, sua história;* Imp. Oficial, Paraíba 1926; registra numerosas estrofes de guerra de Lampeão e seu grupo, bem como da força volante do sargento Kelé; relação nominal de 132 vítimas de Lampeão; e de 55 cangaceiros do grupo de Virgulino, mortos ou postos fora de ação. Há um intempestivo capítulo laudatório ao ex-presidente Suassuna, da Paraíba, pelo que dizem a obra ter sido inspirada por esse chefe político. Alguns chegam

a afirmar que o livro foi escrito pelo próprio presidente, se aproveitando de dados colhidos por Erico de Almeida e Emídio Miranda...

2 – Leonardo Mota, *No tempo de Lampeão;* Of. Industrial Gráfica Rio de Janeiro, 1931; 70 páginas dedicadas a Lampeão.

3 – Leonardo Mota, *Sertão Alegre;* Imp. Oficial de Minas, Belo Horizonte, 1928; traz um cap. sobre Lampeão em que transcreve muitas quadras soltas e estrofes de romances sobre o cangaceiro.

4 – Gustavo Barroso, *Almas de Lama e de Aço;* Comp. Melhoramentos de São Paulo, 1930; dois capítulos dedicados a Lampeão.

5 – Ascenso Ferreira, *Catimbó;* tip. *Revista do Norte,* Recife, 1927; registrou pela primeira vez, em apêndice, a melodia do grito de guerra de Lampeão.

6 – Mário de Andrade, *Ensaio sobre Música Brasileira;* Ed. Casa Chiarato, São Paulo, 1928; traz o grito de guerra de Lampeão; um coco, texto e música, referente exclusivamente a Lampeão; e o famoso coco *Mulé Rendera* em duas variantes musicais e seus textos referentes a Lampeão.

Cândido Portinari

Ao João Cândido

1939

DENTRO da vasta obra, tão variada na aparência, do pintor brasileiro Cândido Portinari, há uma íntima e profunda unidade. Esta unidade pode-se resumir numa palavra: plástica.

Em princípio, uma afirmação destas parece redundância inexpressiva, pois toda obra de pintura tem de ser necessariamente plástica. Mas em verdade não é isto que se dá. Em períodos inquietos de pesquisa como o que atravessamos, assim como nas fases de academização ou preciosismo requintado, não são pouco numerosos os artistas e as doutrinas que fogem desse princípio primeiro das artes, que é realizar a sua própria natureza.

Predisposto para a pintura, Cândido Portinari vem cumprindo o seu destino de pintor com um entusiasmo que o excepciona sobremaneira. Dele já se disse que respira, come e dorme pintura, e é certo que a sua vida é um modelo do artista integralmente dedicado à sua arte e que só ela busca, através de todas as omissões, glórias e monotonias da vida.

Nessa paixão pela pintura, com uma curiosidade insaciável e uma inquietação que jamais desfalece, nem dorme sobre as verdades adquiridas, Cândido Portinari se aplicou a desvendar quaisquer segredos do problema plástico. Desta ambição generosa, que o converte num eterno aprendiz, se originam as duas características dominantes da sua personalidade: a enorme riqueza técnica e a variedade expressional.

Cândido Portinari é um experimentador infatigável. Não é preciso lhe conhecer a vida, basta seguir a obra dele em seus diversos estádios e manifestações transitórias pra verificar que esse experimentalismo ansioso de verdades é o traço psicológico mais significativo do artista. Tudo ele tem experimentado na técnica, todos os processos de pintar, não só já no sentido superior da técnica, como do próprio artesanato. Artista somado a artesão, os mistérios de preparação da tela, de variar a natureza das tintas, da análise das areias com que irá construir os seus afrescos lhe são tão familiares como a lei do corte de ouro, a repartição dos claros e das sombras num Rubens, as cadências de cor em Cézanne ou as doutrinas estéticas do Abstracionismo contemporâneo.

Mas a Cândido Portinari não lhe basta saber de leitura ou conversas de ateliê tais tradições e tais princípios, sinão que os tem de exercer por si mesmo e lhes viver a experiência. E assim, de experiência em expriência, tanto no artesanato como na técnica expressiva, tanto no preparo de uma tinta especial como na pesquisa de um processo que consiga maior fulgor aos brancos ou maior profundeza aos tons, Cândido Portinari aprendeu, descobriu, redescobriu milietas de segredos técnicos que lhe dão à fatura uma riqueza prodigiosa.

Tal requinte poderia ser muito perigoso si se exercesse por si mesmo, porém Cândido Portinari banha a sua cultura de pintor, de uma instintiva humanidade, que não lhe permite se perder no estéril de qualquer virtuosismo gratuito ou diletante. E é de se observar que a cada nova experiência técnica e a cada fase nova que lhe nasce oriunda de novos problemas estéticos a resolver, logo ele ajunta um sentido possante, uma lógica viril de criação, um significado poético muito intenso, que lhe derivam da sua vibrante compreensão humana da vida. Principalmente do seu nacionalismo.

Já se tem dito de Cândido Portinari, ser ele sensível à influência de outros pintores e escolas. Há que distinguir, porém. Na verdade Cândido Portinari jamais imita e siquer se apóia num exclusivo exemplo alheio pra criar. Tanto isto é certo que não é possível determinar, na multiplicidade de soluções estéticas diversas que a sua obra apresenta, qualquer influência que seja fundamental e permanente.

Mas, como eu disse atrás, a pesquisa tanto estética como técnica apaixona o pintor brasileiro, é o significado mesmo da sua obra, como caracterização da personalidade criadora. De forma que diante de qualquer solução alheia, mesmo das que lhe desagradam por instinto como o Cubismo e o Abstracionismo, ou por consciência crítica como a arte de combate, Cândido Portinari é irresistivelmente levado a repensar essa experiência e a refazê-la por si mesmo. Pra ele não tem o menor interesse a originalidade só pelo gosto de ser original. Antes, o inquieta sempre qualquer lição alheia, porque pode sempre haver nela uma partícula que seja, da verdade. E então Cândido Portinari refaz a experiência pressentida, conformando-a aos elementos e caracteres que lhe são pessoais, à essencialidade plástica, ao tradicionalismo, ao realismo, ao lirismo, ao nacionalismo tão fortes da sua personalidade. É, como raríssimos, o ambicioso de acertar, o insaciável da verdade plástica, ao mesmo tempo que, orgulhoso da sua arte, é por contraste um anti-individualista dotado de uma psicologia popular e tradicionalista fundamental. E essa ambição mesma, este anseio e este orgulho é que lhe isentam a obra de qualquer leviandade, de qualquer "traição", de qualquer academização, e fazem dele o humilde por excelência — buscador inquieto e constante, através de escolas, épocas e artistas, daquelas partículas de verdade que se despargem no mar da criação humana.

Importa é verificar que esse experimentalismo está esplendidamente fortalecido no pintor brasileiro, de um conhecimento do antigo e de uma base realística, um "bom-senso" absolutamente excepcionais.

Basta examinar os seus retratos, certos quadros de assunto, como o "Futebol", o "Circo", o "Morro", e ainda os seus desenhos, para determinar sobre que saber técnico tradicional Cândido Portinari levanta com liberdade os vôos da sua imaginação criadora.

Os desenhos, principalmente certos nus de mulher e a série de estudos para os afrescos do Ministério da Educação, demonstram os seus conhecimentos do corpo humano e da sua interpretação desenhística. São obras magníficas em que a vivacidade, a sensibilidade, a delicadeza ou força do traço nunca se desmentem, a relação bicolor se distribui, os entretons se graduam com fineza seguríssima, ao mesmo tempo que o vigor, a profundeza humana das figuras liberta a criação de qualquer academismo, de qualquer frieza escolástica.

Nos retratos o conhecimento do antigo se demonstra ainda mais. É mesmo possível evocar, a respeito de certos retratos de Cândido Portinari, as finezas ardentes de tons de um Velasquez, como no retrato da filha de Carlos Drummond de Andrade; e também aquele realismo, aquela exatidão plástica que nos dá tamanho sentimento de beleza e semelhança, diante de um Van Dyck, ou de um Holbein, como por exemplo o retrato da "Mãe" do artista — obra de uma virtuosidade quase alucinante. A perfeição de certos acabamentos, a intensidade dos tons, certas delicadezas quase imateriais de pincelada, a concentração luminosa, a riqueza de cambiantes dentro dum só tom, a ausência de qualquer volúpia mais decorativa, o apropositado cauteloso da interpretação psicológica, a caracterização física dos indivíduos, ao mesmo tempo que são mais um desmentido formal a essa afirmativa de que a fotografia veio desautorizar o destino representativo do retrato a óleo, dão para algumas destas obras de Cândido Portinari um timbre tradicional, um sangue antigo, um respeito e um silêncio extraordinários.

Realmente o pintor brasileiro, na solução mais normal dos seus retratos, corresponde a uma receita. Apenas este fato me parece, nele, mais uma lição de honestidade e não obedece àquela esperteza de repetição de truques de embelezamento, parecenças fotográficas, sensualidades originalíssimas de composição, de lançamento das figuras ou decorativismo embriagante, que deram erroneamente a muitos pintores o título de "retratistas". Não se trata absolutamente de um retratismo falso, como o de um Van Doughen ou de Zuloaga, ou mesmo desse Fugita de que, uns tempos, o pintor brasileiro se aproveitou. Pelo contrário: a receita de Cândido Portinari — si é que se pode chamar receita à sua concepção mais frequente do retrato — consiste naquele desprezo por qualquer fantasia pessoal excitante, naquele respeito à verdade secular, naquela obediência ao modelo, naquele artesanato repetidor renascentista que, evitando os palpites de autor, ao mesmo tempo que expõe a realidade do retratado e a eterniza (função mesma do gênero), reconduz o retrato à pintura, a um problema de cor, de luz, de volumes, primordialmente técnico. E assim os retratos de Cândido Portinari, sem fugirem nunca à finalidade social do retrato, permanecem manifestação essencialmente pictórica, não permitindo que jamais a pintura fuja de sua própria natureza.

Como artesão humilde, como um renascentista que não se envergonha falsamente de repetir uma solução justa, evitando os valores lotéricos do expressionismo e os perigosos palpites da interpretação fantasista, o pintor brasileiro policiou a sua concepção do retrato, lhe proibindo os jogos de azar. Fixada a composição simples, focalizada a figura tanto pela sua relação áurea pra com a superfície da tela como pela subalternidade expressiva dos fundos, resolvido o problema da parecença, o pintor está liberto do seu modelo e pode pintar livremente. O retrato é assim reconduzido a um problema exclusivo de plástica. E surgem esses acabamentos de uma sutileza infinita, as carícias, as relações, os equilíbrios, as fantasias de cores, de tons, de esbatidos, de luzes tão múltiplos, tão infinitamente variados. Realmente Cândido Portinari nos reconduz à grande tradição renascentista do retrato.

E finalmente, nas composições como o "Café", o "Futebol", pelo realismo, pelo inesperado inventivo da composição, por certa asperidade sensual no tratamento das figuras, um tal ou qual miniaturismo produzindo junto à sugestividade do detalhe certos agrupamentos prestigiosos de cores, Cândido Portinari se liga aos antigos, principalmente aos pintores holandeses de gênero, principalmente aos Breughel.

E este artista que reúne ao realismo mais respeitoso da figura, ao desenho mais sensivelmente descritivo, uma tão forte técnica renascentista, é o mesmo que irá experimentar as diversas soluções do Cubismo e seus derivados, irá se auxiliar, na composição de muitos quadros, dos processos super-realistas de invenção, e tentará reunir à sua "diferença" as diferenças de um Picasso, de um Braque, de um Rivera. De tal forma ele funde a ciência antiga de pintura a uma personalidade experimentalista e antiacadêmica moderna, que de Cândido Portinari se poderá dizer que é o mais moderno dos antigos.

Além da essencialidade plástica que unifica tão profundamente a criação pictórica do artista, há que salientar ainda, como elemento unificador, o seu realismo. Parecerá talvez audácia irresponsável falar em realismo unificador, diante de certas obras tão aparentemente afastadas da natureza. . . No entanto, nenhuma outra expressão há que substitua, desde que tenhamos em vista a realidade mesma da plástica. Pra Cândido Portinari, a natureza jamais é senão uma fonte primeira de inspiração, uma sugestionadora de assuntos, uma reveladora de formas transitórias que ele irá converter num fenômeno de exclusiva plástica pictórica. Esta conversão é que, segundo a fase que o artista vive ou a experiência que tenta, ele realiza em vário grau de maior ou menor identidade naturalista.

Este primeiro realismo estético é aliás uma das lições mais importantes do pintor brasileiro. Conforme o gênero de criação, trate ele o retrato, natureza-morta, o quadro de assunto ou a pura composição livre, ele mais se aproxima ou se afasta mais do realismo visual. Mas este maior ou menor afastamento da natureza, essa maior ou menor deformação, é sempre de uma adequação temática muito exata. Jamais Cândido Portinari abandona a natureza. Ela é ponto de partida de todas as suas obras, até das que mais se aproximam do "abstrato". Porém, jamais, nem siquer nos seus retratos, Cândido Portinari. . . persegue a natureza e faz dela, por si mesma, a finalidade do seu quadro. Antes, pra ele, esta finalidade será sempre uma independente criação de forma. De forma plástica, evidentemente, pois que se trata de pintura. Enfim: ele parte sempre da natureza para encontrar sempre a forma.

A este seguro realismo estético, porém, reúne Cândido Portinari um outro realismo, que se poderia dizer psíquico. E disto deriva o estranho, e entranhado, o grave nacionalismo da sua obra toda. E o seu valor social tão intenso.

Já com a vasta galeria de retratos de mulheres e artistas brasileiros, tão semelhantes, tão veementemente expressivos, ele exerce um posto de documentador. Especialmente para o conhecimento plástico da mulher brasileira contemporânea, Cândido Portinari tem servido como nenhum outro pintor nacional. A isto deverá se juntar essa outra impulsividade nacionalística que o leva a se servir incansavelmente, quase como processo de identificação, de pequenos elementos formais, tão nossos, tão da nossa intimidade, a purunga, o baú de lata colorida, a gangorra, o mastro de São João, etc.

De maior funcionalidade nacional são já os assuntos-síntese, em que o pintor brasileiro se inspira. Aqui, sem ter a menor intenção de ser um cronista e reunir documentação iconográfica, pois o que ele pretende é primordialmente forma, o Brasil irrompe da obra de Cândido Portinari, demonstrando em que grau intenso o pintor está impregnado da coisa nacional e dela participa.

Não é pela intenção de fazer nacionalismo que ele se aplicou aos seus temas favoritos, o café, o morro, brinquedos infantis, o São João, a jangada. Tais assuntos nascem apenas de uma constância imperiosa da sua personalidade; e ele os deforma, os sintetiza principalmente, sem a menor preocupação documental. Na "Jangada" ele comporá o quadro com mulheres imprevisíveis. Do "São João", fará uma composição diurna e esquecerá os balões. Na própria série dos grandes afrescos construídos para o novo Ministério da Educação, em que o artista se propôs recensear as principais indústrias brasileiras, si é sempre certo que para os estudos preliminares o pintor se documentou com paciência perfeita e uma minuciosidade robustamente naturalística nos desenhos, logo em seguida, completados os estudos, fixadas decisoriamente as composições e chegado o instante de criar o afresco definitivo, toda essa riqueza documental foi abandonada, partindo o artista exclusivamente em busca da sua realização pictórica.

E no entanto qualquer desses afrescos, de grande audácia sintética, solução absolutamente pessoal, pedra de uma arquitetura rija, lógica, mas ao mesmo tempo incomparavelmente veludosa e rutilante pelos acordes, variedade e raridade das cores, todos esses afrescos respiram uma intimidade nacional profunda. Mas esta intimidade não deriva, nem derivará nunca no artista, de uma realização exteriormente escrava do assunto, mas de um substrato nacional, de uma potencialidade brasileira, de uma originalidade psíquica que torna essas obras impossíveis de qualquer comparação com o que já se fez no mundo. Neste sentido, criações como o "Café", o "São João", o "Mestiço" da Pinacoteca de São Paulo, os afrescos do Ministério, os painéis para a Feira Internacional de Nova Iorque ou para a Biblioteca do Congresso em Washington, pra só citar algumas obras principais, sobre serem criações de uma beleza admirável, representam obra única, sem par, como solução brasileira de pintura.

Mas é que nas suas sínteses temáticas, nos seres com que as compõe, nos atos em que as descreve, Cândido Portinari não se dispersa na criação do típico. A festa de São João não será mais típica da originalidade brasileira que o Carnaval e o baile do Congado, nem umas lavadeiras mais necessariamente festivas que o balão e o "fogo do ar". A jangada não será por certo mais genericamente brasileira que o carro de boi, nem mesmo mais regionalmente nordestina que a roupa de couro do vaqueiro. Mesmo ainda na criação dos nossos tipos étnicos, os seus mamelucos, os seus mestiços, os seus negros e mulatos, os seus brancos, os seus caipiras e gaúchos, não têm a menor particularização do retrato característico, não buscam as idiossincrasias e nem mesmo as diferenciações dos tipos. Em vez de tipos, em vez do típico, tanto nos assuntos, como nos seres e elementos com que os compõe, Cândido Portinari tende ao protótipo. Tende à criação de entidades sensíveis, cuja essência, cuja fatalidade é brasileira, cujo potencial é brasileiro, sem que o seja imediatamente, e muito menos necessariamente, o seu realismo primeiro exterior.

Neste sentido, a obra com assunto de Cândido Portinari é pra todos os artistas brasileiros uma lição genial do destino "poético" da arte. Quero dizer: sendo toda ela uma pesquisa primordial de forma plástica e beleza desrelacionada, pela íntima adequação entre forma e fundo, pelo equilíbrio entre o sentimento e sua expressão, muito mais que um elemento de caráter descritivo e analítico, a obra de Cândido Portinari exerce uma função como de vaticínio. Na sua procura incessante de beleza plástica, ele mantém aquele valor antigo de definição profética de uma vida milhor, com que a arte nasceu dos primeiros ritos místicos, dos primeiros amores, dos primeiros sofrimentos do homem sobre a terra.

E essa vaticinidade, essa qualidade poética de Cândido Portinari — "poética", não no sentido sentimental em que costumamos dizer de uma paisagem ou dum pianista que "tem muita poesia", mas no sentido de profecia definidora e não conformista de aspectos da vida ou do ser — essa qualidade poética de Cândido Portinari é tão irreprimível nele, que mesmo nas realizações, aparentemente de exclusiva pesquisa plástica, em cada vereda estética que o artista penetra e em que ele não raro genialmente se despenha nas combinações de cores, volumes, ritmos, composições mais audazes, com fúria bacântica despedaçando, devorando leis, regras, tradições, na volúpia de plasmar apaixonadamente a cor, Cândido Portinari se vê reconduzido sempre ao rincão pátrio. E uma primeira liberdade logo se transporta aos poucos para uns motivos com que o pintor retorna à sua necessidade nacional. Si é certo que ele parte da natureza para encontrar a Forma, não é menos certo que em cada forma achada ele encontra o Brasil.

Cândido Portinari, quer se admire quer não a obra completa dele, é sobremaneira respeitável. As suas qualidades pessoais de pintor, o entusiasmo infalível com que pôs toda a sua vida ao serviço da arte, a honestidade irrecusável com que se aplicou, sem descanso nem jamais se dando por satisfeito, a desenvolver a sua técnica, o elevadíssimo grau desta técnica, a humildade com que experimenta e ama a verdade: já por si, todas estas características da sua figura de artista fazem dele um alto valor moral, exemplar para os moços que desejem tentar o exercício das artes.

E ainda Cândido Portinari é um exemplo de vitória, uma prova otimista da vida. Hoje ele desfruta uma consideração internacional muito grande, adquirida exclusivamente pelo seu valor próprio. É dos vitoriosos que deveremos tirar a concepção de vida que nos guie. Não dos vitoriosos falsos, dos que conseguem uma possível notoriedade à custa de concessões morais e culturais ao gosto ignaro, ou dos que se impõem ao cochicho público pela teatralidade de seus gritos e escândalos, mas dos que conseguem vencer pela constância do trabalho, pela valorização de suas fôrças pessoais na cultura e pela fé na verdade. Cândido Portinari é exemplar desta vitória. E a dramática sinceridade com que não dorme sobre os louros já conquistados, não se repete no que já conseguiu o aplauso público, mas antes desconfia sempre e se lança em experiências novas, no desconforto das incompreensões, no perigo de perder seus admiradores e sua posição, a quaisquer facilidades vitais preferindo sempre a procura da sua verdade, tudo isso é ainda vigoroso exemplo moral de otimismo. Dele não se dirá que sacrificou a arte humana em proveito da sua pessoa. E si a sua obra é pródiga de belezas, rica de forças poéticas, lição técnica e estética de grandeza vastíssima, Cândido Portinari, ele mesmo, é exemplo moral excelente do verdadeiro destino do artista. Merecedor portanto, como raros, da consideração pública.

Atualidade de Chopin

A Ciro Brisola

1942

SRS. ALUNOS

Como aula inaugural dos meus cursos de História da Música nesta Casa já envelhecida e sofrida, e de tradições elevadas, considerei mais útil vos falar sobre a "Atualidade de Chopin". Não irei me esperdiçar neste momento numa qualquer análise técnica aprofundada da obra do grande gênio do piano. De resto não poderia vos dizer mais do que o já dito em livros facilmente achâveis. Mas Chopin é dessa espécie de gênios que não só crescem com o correr dos anos e se depuram em sua significação artística, mas a certos momentos da história são como que redescobertos em sua significação humana e utilitária.

Não há dúvida que muito se tem reagido contra ele. André Gide observou que o criador do Estudo artístico se torna tanto mais ignorado, quanto mais os seus executantes trabalham por torná-lo conhecido. O que careceria verificar, milhorando o dito de André Gide, é se esses executantes realmente propagam a obra de Chopin, ou se de preferência se propagam a si mesmos, em suas almas pequenas.

É certo que, pela inconsistência mesma da sociedade anterior às guerras deste século, foi preciso combater o sentimentalismo e o meloso que existe possível numa parte mínima da obra chopiniana. É certo que deturpa totalmente a realidade de Chopin torná-lo o namorado canoro das virgens do luar. É também certíssimo, e muito mais importante, que os virtuoses internacionais abusam dos valores comoventes do gênio, nos chamados "recitais Chopin", que nada mais são que um desserviço classista e uma interpretação falsa e despudorada do inventor do Esquerzo dramático.

Nada disto é a verdade integral de Chopin. Ele se presta a isso também, simplesmente porque ele é um mundo. É preciso que, com franqueza, embora com alguma saudade, nos deixemos de idealismos ascéticos. Há um lado venal na finalidade do artista, de que os maiores, mesmo um Monteverdi e um Rameau, como um Chopin se serviram. Chopin se presta a mil e uma interpretações classistas, patrioteiras, epidermicamente sensuais — defeituosas ou de todo erradas — justo porque ele não fez da arte uma mística, do artista um sacerdote, mas aceitou a arte e o artista como necessidades brutais do quotidiano. Se detestou fisicamente o público, toda a obra dele pede, esmola, adora o amor e a compreensão do público. Mas do público inteiro. Detestando os russos do Tzar, se aproveita da apresentação de Liszt, um amigo, para aceitar no seu convívio um russo de lei. Esta será a sua face mais dramática, embora não seja porventura a mais ideal.

Pois apesar disso e por causa também disso, Chopin não cessa de crescer na compreensão da sua música e na concepção legítima da arte. À medida que nascem e morrem as interpretações falsas, à medida que se denunciam ao nosso aborrecimento, os interesses baixos dos aproveitadores dele, Chopin se firma em nosso culto como um dos mais puros, mais exclusivamente musicais de todos os músicos, e também como um dos mais intensamente humanos, mais generosamente servidores.

Essa criancinha nascida aos pés de Varsóvia em 1810, que vida insuficiente não levou... O pai, um francês de origem polaca, o soube instruir porque era professor e lhe deu mestres bons de música. E Frederico Chopin adora a música, como adora a família e os amigos. O cultivo da amizade e dos sons lhe vem de infância, o do amor, da adolescência. Se alguns dos seus milhores amigos são dos tempos em que, aos oito anos, concorria a um primeiro concerto e imaginava que lhe tinham aplaudido as rendas do colarinho e não a música, só rapaz ele se adora a si mesmo na pessoa duma aluna de canto do conservatório. Mas a obriga a sacrifícios de segredo e a uma espera absurda, a que logicamente ela não se sujeitou. É lícito supor que Chopin, como bom adolescente daqueles tempos de amor e medo, só procurasse motivos pra sofrer. E Constância, com toda a razão, se casará com outro. E Chopin, com toda a razão, sofrerá, chamando-lhe "ingrata".

Toda essa fase de Varsóvia é de aprendizado vital. Época de delícias: viagens curtas e instrutivas, estudos, férias no campo, triunfos em Viena. Tempo em que se aprofundam o amor do torrão natal com sua melancolia, seu lirismo cantante, suas danças populares e palacianas, mazurcas e polonesas, e o cultivo da liberdade numa terra que luta contra a escravidão. A nobreza principia protegendo o moço artista, especialmente na pessoa do príncipe Radziwill. E Chopin principia traindo sua classe burguezinha, de braços dados com a gente de sangue, nobre também de dinheiro, é tão milhor gozar!

Muitas coisas maiores ele não trai, é certo. A família, os amigos e especialmente a sua arte. É desde início um improvisador extraordinário. Sabe brincar, sabe caricaturar os prepotentes, sabe exprimir a saudade, o *zal,* o instinto de apego ao lugar em que se nasce. Este senso improvisatório será seimpre um dos elementos mais significativos tanto da vida musical como da arte de Chopin. Às composições dele, o milhor intérprete infundirá sempre a sensação da obra que nasce, e não da que reaparece.

Enfim, apesar dos seus amores pela cantora, Chopin se decide a partir. Varsóvia é insuficiente. Onde buscar o completamento de si mesmo, esta outra finalidade obrigatória do artista? Em Viena, em Berlim, em Roma, em Paris? Mas Viena é a eterna ingrata de tudo, a volúvel. Não acolhe o moço forte de agora com o mesmo entusiasmo com que aplaudira o ex-prodígio de circo. Indeciso, Chopin adota um passaporte erradio, com passagens por Dresde, por Stuttgart, por Paris, destino a Londres. Em Stuttgart sabe da tomada de Varsóvia, é a escravidão da sua terra, e ele arrebenta nos brados do Estudo "Revolucionário". Em Paris, numa reviravolta contraditória bem de artista, é envolvido pelas multidões que aplaudem a futura libertação da Polônia. Mas Chopin se afasta delas, enojado com a estupidez das turbas. Porém fica em Paris, pelo instinto mesmo do artista. A capital da França estava se tornando então a capital artística do mundo. Chopin percebe isso no ar. Fica em Paris.

E logo adora a cidade internacional e modernníssima, esquecendo por completo a possibilidade de viver na sua Polônia. Chopin trai, trai com razão. Nunca mais volta à Varsóvia escravizada. Ainda tentará amar uma mulher polonesa, Maria Wodzinska, mas, como Beethoven, escolhe mal, dir-se-ia que escolhe mal de propósito pra ser traído, escolhe uma nobre de sangue, nobre também de dinheiro. É aceito com toda a distinção e recusado com toda a distinção. Maria Wodzinska lhe escreve cartas hábeis de afastamento gradativo, e Chopin, bobo e artista, bobo como artista, acaba compreendendo que aquilo é a ruptura. No maço das cartas dela escreve teatralmente, como bom sentimental pelotiqueiro, "Moía Biéda", "Minha Desgraça", nos deixando a indecisão sobre se estava ali de fato a "felicidade" dele, o completamento integral do artista que havia nele, ou se esse completamento veio mesmo das suas... felizes infelicidades futuras.

Mas, por favor, tudo é igual para o artista, Chopin foi absolutamente sincero, tanto nessa desgraça, como na desgraça que o ligará por muitos anos em seguida, traindo "Moía Biéda", a uma mulher pouco vulgar, grosseira, ardilosíssima e formidavelmente mulher, George Sand. Mas assim como a escravidão da Polônia lhe arrancara o improviso de que derivara o "Estudo Revolucionário" e a saudade da pátria e de sua vida varsoviana lhe tinha já produzido tantas mazurcas, polonesas, estudos: também o amor insolúvel por Maria, lhe dita páginas sublimes como a "Valsa do Adeus" (que ele jamais deixará publicar enquanto vivo) e a primeira Balada. Schumann dirá desta que é uma das obras mais "selvagens" de Chopin. Hoje diríamos "não-conformista"... Naquelas queixas, naqueles gritos, naqueles soluços, há mais que uma apenas dramática descrição da infelicidade. Há como que uma raiva contra o fado, um vigor bravo de tragédia, de revolta contra as fatalidades, toda a fúria dionisíaca do não-conformado. E parece realmente que é dos tempos da sua ruptura com Maria, que Chopin conquista a sua única namorada bem fiel, a tuberculose.

Em Paris, a princípio a vida foi de flores. Chopin fica rapidamente célebre, protegido pelos nobres, cercado de alunas da alta, de emigrados compatriotas, freqüenta os salões, é amigo de Liszt, de Bellini, de Kalkbrenner. E se torna um verdadeiro aristocrata da música. Sua maneira de tocar era leve, sonhadora, irregular. E assim como detestava o contato das multidões das ruas, detesta o público misturado das salas de concerto. Nos dezoito anos que vive em Paris, jamais dá um recital. Só organizou quatro concertos, e isto mesmo porque os amigos se intrometiam, arranjavam tudo. O único lugar em que se achava bem era numa sala, numa reunião selecionada, num apartamento entre amigos. Rodeado de pessoas conhecidas, deixava-se levar, tocava com liberdade infinita, inteiramente entregue aos domínios da música e seus mistérios. Improvisava, e todos dizem que era incomparável como interioridade da improvisação. Tinha um vício cujo significado foi bem sugerido por Pourtalès. Sempre que acabava um improviso, depois que o último acorde morria no ar, Chopin rasgava o êxtase dos ouvintes, percorrendo com um glissando o piano todo, "como que para afugentar à força o sonho" a que se entregara.

É numa dessas reuniões de artistas que ele encontra a então famosa romancista George Sand. Chopin está bastante doente. Paira sôbre ele a impaciência da morte. Amam-se ele e essa mulher. Ela se toma de carinhos maternais por ele, inventa ganhá-lo à doença. É a famosa estada em Maiorca, onde Chopin, entre algum riso mais raro, desesperos terríveis, obsessões de loucura, escreve mais uma obra-prima absoluta, a coleção dos Prelúdios.

É quase tudo o que posso e preciso evocar dessa vida quase mesquinha. Por dez anos de uma ligação que é impossível determinar se boa se má, Chopin vai beber, numa quotidianidade irrespirável, todos os sofrimentos e todos os benefícios dessa mulher danada. É junto dela, nos descansos do castelo de Nohant, que polirá e terminará suas obras.

Vem a separação afinal e Chopin está entrando francamente na morte. Ainda consegue se arrastar por algum tempo, sem saúde, sem dinheiro, numa luta vil. Dá concertos na Inglaterra mas só deseja o seu cantinho de Paris. Cada vez mais o tortura a saudade da pátria, mas não voltará jamais a ela. Não a quer sentir dominada. Prefere chamar a irmã e a agonia começa. Está agora cercado de amigos, de alunos devotados, tem o que precisa. Mas por certo jamais terá tudo quanto precisa, porque o artista é insaciável. Uma cantora amiga está cantando junto ao quarto do moribundo. A um aluno, que o ajeita milhor na cama, diz um último carinho flébil. Ainda consegue afirmar que não sofre mais. Um soluço de agonia interrompeu o canto amigo. Chopin não sofre mais, está morto.

Neste momento difícil e trágico da vida humana e também da arte que vivemos, se acaso examinamos com olhos mais atentos a manifestação da arte em Chopin, nos surpreende o quanto ela é atual, o quanto ela nos deve servir de exemplo e de lição, para que sejamos artistas verdadeiros e puros artistas. Neste sentido, talvez Chopin seja o maior, o mais exatamente artista de quantos gênios nos propõe a arte da música. Por isso Chopin é atualíssimo. Toda a sua biografia artística repudia e castiga a desorientação, o desequilíbrio, o caótico, o abstencionismo vital de vasta parte das artes contemporâneas. Toda a sua biografia artística é o milhor padrão do artista íntegro, o milhor roteiro a seguir para o intelectual tão covarde, tão escravo, tão conformista dos tempos de agora.

Mas será tão difícil assim ao artista realizar o seu destino exato? Não tem dúvida alguma que é dificílimo. Desde esse primeiro ser humano que, nocionada essa coisa vaga e indefinível que é a beleza, pretendeu utilizá-la no objeto que construía, no gesto, na frase ou no canto, esse foi o primeiro anseio de insatisfação do homem real. Essa foi a primeira expressão de não-conformidade, a primeira aspiração imediatista e interessada a uma vida milhor. Essa foi a primeira proposta de amor em total gratuidade, a primeira inquietação de ser si mesmo, a primeira consciência de sua diferença, a primeira saudade que era uma martirizante saudade inexplicável, a primeira volúpia, volúpia divina de criar com misteriosa e desnecessária razão. Como conciliar tantos interesses e desinteresses desencontrados?... E desde esse primeiro homem que foi também o primeiro artista porque, revoltado contra as realidades, pretendeu se servir da beleza por generosidade, por amor, por coletivismo, por inveja, por egoísmo, por orgulho, por mesquinhez, por vaidade, por ambição, por sacrifício, por curiosidade, por desprendimento — um homem como todos, bem vedes, mas se servindo dessa nova e misteriosíssima arma da beleza — estava criado um sofrimento diferente sobre a terra, um desequilibrado novo. Não maior que os capitães, os sábios, os operários, os místicos. Um desequilibrado imediatista, um interessado e interesseiro como qualquer outro, mas insatisfeito ao infinito, que queria ser capitão e mandar, fazendo povos e civilizações; que queria ser cientista, "dava definição de tudo" como diz o cantador do nosso povo, e só podia acreditar em sua própria verdade; e que queria também ser o místico, era o místico vivendo dos nadas impalpáveis, só crente de suas próprias revelações, servil, humílimo, na adoração incontentada do seu deus, essa beleza divina e inaferrável, e que era também, sem querer, um operário intransigente, só desejoso de fazer milhor, cada vez milhor que ele mesmo e que todos, detestando o seu destino de operário, mas pondo toda a sua técnica apaixonada e que ele não podia deixar de amar, na feitura dessa única coisa que o devorava e era mais forte que ele, a sua criatura, a sua obra de arte. E esse homem ambiciosíssimo, esse desequilibrado que deseja ser tudo e quer tudo, pelo próprio destino que se dava e pelo próprio elemento de que se servia, era amargamente desviado de seu imediatismo, pondo tudo o que desejava para si numa obra de arte que tudo lhe tomava, e transferindo para uma vida ideal o quanto ambicionava para a vida real. Essa mesma beleza, que ele exige mais que tudo e o destina definitivamente, é que lhe rouba a posse imediata do mundo e da humanidade.

Este é o artista, srs. Alunos, em sua magnífica miséria. É um homem como qualquer outro, a arte é o seu ofício. Não nos iludamos com floreios ilusórios: a arte é um elemento de vida, não de sobrevivência. Mas por isso que o artista se serve de uma força idealizadora e não das forças práticas do bem e da verdade, tudo quanto, como qualquer outro homem, ele vive, ele é obrigado a transferir para uma criação intermediária, a obra de arte. Ele tem todas as obrigações morais e verdadeiras da vida. Mas não as vive diretamente, enquanto artista em seu ofício, como as vivem diretamente em seu ofício, o chefe, o padre, o operário, o médico, o legislador, a mãe, o capitalista, o soldado, bons e ruins, dignos e indignos. Ele tudo cede a uma obra de arte, cujos efeitos ele jamais poderá adivinhar exatamente quais serão.

Não lhe cabe, enquanto artista, ser político, distribuir bênçãos, perdões e consolos, nem organizar ou dirigir fábricas, nem matar nas guerras e revoluções. Porque ele não vive de sua própria vida, mas da vida da obra de arte. É o que o torna um ser particularíssimo. Mas por isso mesmo que pretende a beleza e a recria em sua criatura, ele é o revoltado por excelência contra os defeitos e as feiúras da vida, contra as injustiças, as falsificações, contra as mentiras sociais, as desgraças todas. Ele só acredita em si mesmo, ele só se realiza a si mesmo. É o revoltado, o insatisfeito, o não-conformista, o castigador, o fora-da-lei que todos os poderosos temem e procuram comprar. O artista legítimo a todas as instituições incomoda, embora tenha como destinação puríssima, superintendê-las e lhes abrir os passos para a verdade e para o bem. E se não lhe cabe ser político, operário, guerreiro e tudo o mais que é a prática tumultuosa da vida, por isso mesmo que ele também é vida e não sobrevivência, por isso mesmo que a obra de arte é da terra e vive de nossa humanidade terrena, o artista não só está na obrigação de participar de tudo e "dar definição de tudo", como, se for verdadeiro, dentro do maior individualismo, aristocraticamente entronizado no seu eu divino, não poderá deixar de o fazer. Nem que queira.

Isto é Chopin, srs. Alunos, é o sentido que percebemos em sua biografia artística. Ele nos propõe, milhor que qualquer outro músico, utilizando uma arte que singularmente se desliga da vida, por incompreensível: o homem que realizou com verdade clara, o exato e complexo destino do artista.

Mas se o vejo atual em sua personalidade, se o vejo tão completado em seu destino de artista, necessariamente é porque ele foi de atualidade característica no seu tempo também. Talvez ninguém tenha expressado com maior eficácia a verdade musical do Romantismo. Não a verdade externa do Romantismo, reduzível a termos de análise, mas o seu mais específico sentido interior. E por isto a obra de Chopin é ao mesmo tempo inaferrável e popularmente fácil, e mesmo a sua técnica harmônica, da maior audácia expressiva, não teve continuadores.

Bem sabeis todos que a transformação espiritual sofrida pela música no Romantismo foi ter se intelectualizado e buscado exprimir inteligivelmente as representações da vida. Antes ela fora de preferência um valor puro, expressivo sempre mas apenas musicalmente expressivo, livre, sem significação intelectual nenhuma. Quando muito os músicos buscavam às vezes, por intermédio dos sons musicais, dar a imagem dos ruídos da natureza, na peça descritiva. Com o Romantismo a música foi compreendida como arte de exprimir os sentimentos e as idéias por meio dos sons, e se tornou uma linguagem. Mas como lhe era impossível ter a inteligibilidade da linguagem das palavras, a conceberam como "linguagem do inexprimível" – a linguagem que conseguia penetrar o impenetrável e nos tornar conscientes de tudo quanto, em nosso mundo interior, a palavra não alcançava e não podia exprimir.

E de fato um mundo expressivo novo se abrira para a música, mundo de profundeza vaga e intensíssima. Ninguém soube melhor criar essa profundeza emotiva que Chopin. Ninguém em música penetrou mais fundo nem mais intensivamente nos escaninhos da sensibilidade humana. Escutai-lhe mesmo apenas esse primor de leveza e graça que é a "Valsa em Fá Menor", com que Chopin se despediu de Maria Wodzinska em 1835. Pouco importa conhecer esta despedida e o amor. Há uma ternura evocativa, uma carícia triste, mozartiana, que parece por momentos querer se disfarçar. É como se a valsa nos dissesse um segredo mal ouvido, que nos comove principalmente por ser segredo.

Mesmo em seu lado mais exterior, valsas brilhantes, certos noturnos mais indiscretamente sentimentais, "*impromptus*," vários dos magníficos estudos, escritos aparentemente para desenvolvimento técnico da mão pianística: é todo um lado "salão" da obra chopiniana que nada tem da banalidade intrínseca que quiseram lhe dar. Basta que se compare tudo isso com a banalidade do piano de Schubert, a melódica de Mendelssohn, o brilho de um Meyebeer, de um Weber, para verificar a diferença contundente. É extraordinário: essa banalidade chopiniana muitas vezes existe de-fato, mesmo em tal mazurca, tal polonesa, em certas melodias lentas que surgem de sopetão ao meio dos movimentos rápidos. Porém ela se valoriza extranhamente, menos por ser intimamente de Chopin, do que por ser a imagem de uma época e uma sociedade.

Não é à toa que Chopin mesmo dizia de algumas das suas obras e improvisações, estar contando "petites histoires" musicais... Já o compararam a muitos poetas, a Baudelaire, a Leopardi, outros... Não sei se já se lembraram de o aproximar de Marcel Proust. Chopin nos analisa toda essa levianíssima alta sociedade parisiense e polonesa, em que viveu. Toda essa parte valsística da sua obra é bem uma análise sem piedade mas dolorida de uma época. Desfila diante de nós, percucientemente evocada, uma farândula de nobres, burgueses ricos, artistas, intoxicados de luares, de festas frágeis, de dores cultivadas e inconsciência.

Não há dúvida que, sobretudo com essas músicas, Chopin divertia essa mesma sociedade de que estava dando imagem tão incisiva. Divertia e se vendia. Esse era o lado pelo qual ele também praticava a venalidade da arte – venalidade que é amarga, detestada e gostosíssima em sua fatal legitimidade. E devemos ainda não esquecer que Chopin era fisicamente fraco e foi por muito tempo um tuberculoso. Nunca teve a saúde populista de um Schubert, que chega quase a nos escandalizar num Bach. Mas não estou diminuindo ninguém: estou apenas lembrando uma fatalidade física que lèvava necessariamente Chopin ao requinte da sua vida fechada, como um Proust, e às comodidades dos salões ricaços. E este requinte, esta comodidade, ele pagou com o painel que nos deixou da sociedade elegante e culta do seu convívio.

Mas este aspeto, se valioso pelo caráter e pelo que define, é uma parte mínima da obra chopiniana. Ele não nos contou apenas "historietas inconseqüentes" de salão. Quando a oito de setembro de 1831 arrebenta nas revoltas do "Estudo em Dó Menor;" quando exclama: "Oh! minha terra!" incontido, escutando Gutmann executar o "Estudo em Mi", nos dando o segredo do impulso que o levara a inventar essa obra maravilhosa; quando estoura na marselhesa de certas polacas heróicas, na dor marcial da "Fantasia em Fá Menor"... Ou quando essa mesma paixão sofrida pelo torrão natal, pela família e os amigos lhe entreabre as paisagens da sua Polônia, em escala cambiante de mil sentimentos, ora popular, ora apenas popularesco, ora em família, ora brincando, ora dançando, ora choramingando, ora gritando de entusiasmo ou de martírio, especialmente na coleção variada das mazurcas... E quando a desgraça do amor se desdobra nos poemas geniais das baladas, dos esquerzos, dessas formidáveis sonatas, solução formal e interior realmente intangível da sonata romântica... Ou quando ainda, no convento de Valdemosa, entre paisagens mais raro ensolaradas, mais continuamente batidas da tempestade, entre feliz no amor e nas férias e mais continuamente desgraçado pelas visões da doença, da desconfiança, do desconforto e da morte, se incendeia nessa coleção inexaurível de ambientes, estranhos, joviais, terríficos, doentios, ensolarados, báquicos, desolados que é o caderno dos prelúdios: esse gênio, srs. Alunos, fez da sua arte uma vida e não uma sobrevivência. Este gênio viveu historicamente o seu tempo e o romantismo da música, os elevando à sua mais íntima expressão.

Porque permanecendo musical inteiramente e só música, não esperdiçando os seus sons, as suas melodias, os seus baixos formidáveis, em literatices de programa itinerante, este gênio viveu a vida em música, sem esquecer jamais que a música tem vida própria e um material que lhe é particular. Ele realmente realizou a linguagem do inexprimível. E, neste sentido, foi mais puramente romântico que o próprio Schumann, não raro perdido em exterioridades, e que o próprio Beethoven, inutilizando muitas vezes em sons musicais, idéias que nunca saberemos quais foram.

Esta é uma das grandezas de Chopin. Ele serviu igualmente a vida do seu tempo e a arte da música com generosidade e certeza. Criou e sua criação é sempre humana. Tocou e encantou, como também cabe ao artista. Ensinou, e com toda a consciência, num cuidado leal. Ele não traiu o seu destino de artista. Ele não foi jamais como esses vendilhões de arte que só servem a si mesmos, aos seus interesses pessoais, desprezando o seu possível valor humano nas impurezas da brilhação, na indiferença pelos outros e por tudo, destruidores de institutos, caluniadores de nacionalidades, solapadores da verdade e do útil. Ele não se serviu nunca da arte e da ilusão alheia para destruir o que estava bem, mas para castigar o que estava mal. Jamais foi um cínico aproveitador, deixando que indiferentemente um valor qualquer definhasse, repoltreado em direitos falsos. Esta é mais uma atualidade quase insuportável, com que em sua alta moralidade de artista, em sua pureza de destino, em sua perfeição sofredora de homem, Chopin vem agora esbofetear os vendilhões do templo.

Porém, neste passo, é lícito que me pergunteis: se acabo de profligar os artistas que se servem apenas a si mesmos, isto quer dizer que Chopin se sacrificou pelos outros e jamais pretendeu realizar a sua própria personalidade?...

Longe de mim semelhante heresia, srs. Alunos. Eis ainda outro aspecto em que Chopin é magnificamente atual e um exemplo de artista. Já vos disse que o artista é o "*out-law*," o fora-da-lei, o não-conformista inato, ao qual só é possível o personalismo de estar sempre de acordo com a sua verdade pessoal. O artista é sempre um individualista irredutível, e por mais que procure repetir e obedecer, quando os decretos dos homens o obrigam a isso, se artista verdadeiro, ele irá deformar sutilmente, ele envenerá sua dádiva, ele enganará sua escravidão, impondo de qualquer forma a sua verdade.

Não era este o caso histórico de Chopin. Nenhum nazismo o obrigava a mentir, de nenhum racismo ele era escravo, de nenhum déspota, de nenhum tirano. A saudade da terra natal foi a sua meiga e aceita tirania. Mas veremos que essa mesma, ele soube transfigurar numa força simbólica de humanidade. Não. O tempo em que Chopin viveu era um tempo de liberdades para o artista, e principalmente de abusos de liberdade.

Isto é tão esteticamente provado, que a época romântica é das mais pobres em número de grandes artistas e de obras-primas. Especialmente na música que, considerada linguagem, estava profundamente desvirtuada em sua realidade essencial. Como já denunciei por mais de uma vez, no Romantismo, só os músicos incontestavelmente geniais se salvaram. Se de outras épocas mais esteticamente felizes, os músicos mesmo medíocres são ainda hoje agradáveis de ouvir: no Romantismo, até compositores eruditos e artistas bons se tornaram insuportáveis. Só uns poucos gênios se salvaram.

Ora, se estudamos a obra de Chopin, o que mais nos surpreende é o assombroso equilíbrio com que, dentro do maior e por vezes do mais desabrido romanticismo, ele soube realizar a sua mensagem sem abusos ou descaminhos de liberdade. É admirável: mas a obra de Chopin é ao mesmo tempo francamente revolucionária e intrinsecamente clássica! E este dualismo antitético em vez de brigar, se amaina numa comunhão fecunda. E já tereis um exemplo psicológico desta tendência, naquela contradição deliciosa do rapaz de vinte e um anos, quando chega a Paris. Kalkbrenner é então o maior pianista, de cetro incontestado, e Chopin deseja se aperfeiçoar sob o ensinamento de Kalkbrenner. Mas este propõe ao recém-chegado três anos de estudo! Chopin se revolta, recusa a proposta e, como escreve a um amigo, prefere à música escolástica, a sua "aspiração de criar um mundo novo". É o não-conformista em busca da sua exclusiva realização pessoal. Mas ao mesmo tempo que recusa o professor novo, escreve ao professor antigo de Varsóvia, se aconselhando com ele, perguntando como fazer. Contradição de saudável bom-senso, com que o moço repudiava a incompreensão do professor

Kalkbrenner, se escudando na compreensão do professor Elsner.

Ora carece não esquecer que Chopin chegava a Paris, como bem advertiu Niewiadomski, com uma bagagem em que já estavam algumas das suas obras mais perfeitas, muitas mazurcas, o "Esquerzo em Si Menor" e pelo menos todos os estudos da ópera dez. Apenas nas primeiras obras juvenis, já longínquas, sofrera alguma influência pequena de Hummel, de Field e talvez de Weber, como querem alguns e me parece discutível.

É que, principalmente, Chopin soubera escolher suas fontes. Há certos gênios imensos, com isso também de grandeza que sermos influenciados por eles, é repeti-los. Mas se repelem qualquer imitação, nos fecundam e nos virilizam em nossa própria personalidade. Sabemos que de seu primeiro professor Chopin recebera uma educação musical "inteiramente clássica", como assevera Liszt. E também sabemos que em seus ensinamentos, Elsner insistira sobre o estudo das obras de João Sebastião Bach e de Mozart. As cartas de Chopin testemunham o quanto ele adorava Mozart, e mesmo o imaginara seguir, pretendendo um tempo se dedicar ao que então se considerava a "arte maior" da ópera. Mas perseguido pelas revoluções como sempre viveu (Pourtalès), que nem bem parte de Varsóvia lá estala a revolução; que chega a Paris pouco depois de uma revolução e encontra a cidade convulsionada e varrida a patas de cavalo; que dá seu último concerto parisiense uma semana antes da abdicação de Luís Felipe e parte para Londres encontrando a cidade cheia de fugitivos do continente "onde estouravam revoluções por todos os cantos" (e aqui, vede se essa pobre Europa tem razão de caçoar da nossa pobre América, por vivermos em revoluções...)- felizmente quando Chopin, como o nosso menos feliz Carlos Gomes, pretende partir para terras italianas em busca da ópera, as revoluções chofravam como espinhas adolescentes da Itália, por Milão, Bolonha, Ancona, Roma. É então que ele desiste da ópera, preferindo Paris e a fidelidade do seu piano de câmara. Quanto à sua adoração por Bach, uma feita, dando uma lição, Chopin tocará de cor ante a aluna assustada, quatorze prelúdios e fugas do "Cravo Bem Temperado." E como a moça lhe louvasse tanta memória, Chopin murmurou extasiado: "Estas coisas a gente nunca mais esquece..." Quantos músicos poderão acaso repetir esta verdade?

É de Bach e de Mozart que poderemos seguir na obra chopiniana, não a influência, mas a imagem fecundadora. Wojcik-Keuprulian, na sua esplêndida análise dos elementos musicais da obra de Chopin, observa que o processo da chamada "melodia ornamental", que é o elemento mais sistemático da sua melódica, prova definitivamente o parentesco dele com Mozart e Bach, cujas melodias as mais das vezes são deste tipo. Mas há mais. Na obra de Chopin assistimos a uma verdadeira recriação romântica de Bach e de Mozart, romântica e absolutamente pessoal, inimitável. De Bach ele descobre o mistério da sensibilidade ardente dos baixos de harmonia e a validade inflexivelmente lógica do tecido polifônico, que ele transfere com a mesma inflexibilidade de lógica harmônica, para dentro da melodia acompanhada. A sua trama harmônica aplica prodigiosamente essa lógica pura da fuga, que ele mesmo afirmou ser "o elemento de toda causa e de toda conseqüência". De Mozart, é a elasticidade da melodia que ele explora e eleva ao máximo de expressão individual, a sua largueza, o seu sabor de melancolia e de liberdade. Mas sempre dentro da mais fiel, inesperada e popular quadratura.

Por outro lado, é de observar a liberdade, a falta de inveja, a isenção de qualquer gula econômica com que Chopin insiste na proclamação da sua mensagem. Logo desaparecem as influências de Hummel, logo ele faz do noturno de Field uma invenção legitimamente dele e só dele até agora. E nenhum dos seus contemporâneos o influenciará mais, nem mesmo o expressivo Schumann, nem mesmo o aplaudido Liszt cheio do dinheiro, seus amigos queridos, companheiros de ideal, às vezes influenciados por ele.

Já demonstrei, num estudo publicado há pouco ("Romantismo Musical" in "Planalto") que duas das maiores manifestações da música romântica foram a virtuosidade e a improvisação. Também estes elementos são dos mais característicos da obra chopiniana. Mas ainda aqui ele persevera incapaz de trair, utilizando as tendências românticas sem nenhuma exterioridade. Ele se opõe energicamente ao virtuosismo por si mesmo, desaproveitado nas acrobacias para aplauso público, à feição de um Liszt, de um Paganini, de um Thalberg. Ele também se dobrou a essa moda romântica de bordar improvisações sobre temas assobiáveis das óperas do dia e, de preferência para ele, sobre as canções folclóricas da sua pátria. Mas na obra que publicou resta muito pouco disso, as variações esplêndidas sobre Mozart e quase nada mais. Também já contei que Chopin era incomparável na arte de improvisar. Mas o improviso, para ele, era de-fato uma arte, isto é, um elemento expressivo e interessado de vida, e não apenas um jeito mais ou menos cabotino de semostração.

Bronarski faz um reparo muito fino e mais que provavelmente exato, quando, ao verificar o lado "salão" da obra de Chopin, diz que decerto muitas das idéias musicais dele, lhe terão nascido durante os improvisos que fazia, inteiramente entregue a si mesmo, nos salões e nas reuniões de amigos. Idéias que depois ele incorporou, já agora elaboradas, às suas obras definitivas.

Pois não será esse o milhor, o mais honesto, o mais humano e humilde processo de criação artística? Em última análise toda obra de arte nasce de improvisações. Mas em seguida vem o trabalho difícil, lerdo, angustioso, que elabora, corrige, poda, acrescenta, acentua, sintetiza, esclarece, e é o sofrimento grande do criador. E se de um lado sabemos comprovadamente que o "Estudo Revolucionário", como os prelúdios, nasceram de improvisações posteriormente elaboradas em obras de arte: o testemunho de George Sand nos conta que Chopin sofria muito, se desesperava e prosseguia lento, difícil nesse trabalho proletário do artefazer. A arte, srs. Alunos, é certo que nasce nos céus entusiásticos e fáceis da inspiração, gozo sublime e sensual do indivíduo. Mas logo em seguida a este gozo de um segundo, ela desce na terra desta nossa humanidade, e é o homem-operário, o homem-coletivo que sofre no trabalho perigoso e interrogativo de converter o êxtase do indivíduo num valor humano. O conseguirá?...

Chopin confessa, de maneira muito clara, a consciência que tinha de que a arte é uma conversão do sentimento individual à sua expressão coletiva. Ele sabe muito bem que se a arte nasce duma explosão do ser, a inteligência domina e conclui essa explosão improvisada. É numa das suas cartas a Titus, o amigo mais íntimo, que ele se define: "sou sempre senhor dos meus pensamentos. Nada me obrigaria a deixá-los, como se destacam as folhas das árvores. (...) Está claro: não se trata senão da cabeça. No coração, pra compensar, meu Deus! é o maior ardor!". E na obediência a este princípio primeiro do artista, de um sentimento irrompente e duma expressão senhoreada pela inteligência, quando percebe a aproximação da morte, ele mesmo queimará seus manuscritos e esboços. Que outrem não devasse o que a morte não lhe permite concluir. É um suicídio, suspiraremos em nossa curiosidade voraz pelos criadores que amamos. Mas é o auto-da-fé mais legítimo, o único legítimo talvez, esse do artista que não quer se mostrar sinão na humildade altiva das obras por que pode se responsabilizar.

Neste equilíbrio deveras "artístico" (e não apenas sentimental ou estético) entre o sentimento e a expressão, Chopin constrói a sua personalidade. Toda a sua técnica assume desde logo uma força pessoal e revolucionária. Como ele parece estar lucidíssimo, martirizantemente consciente deste dever ao mesmo tempo individual e humano do artista, quando se desespera, confidenciando a um amigo: "Bem sabes que nunca fui útil a ninguém, nem a mim mesmo!"...

Fundamentalmente revolucionário em sua obra, destruidor de academismos, personalíssimo, valorizando como ninguém no tempo "essa arte da dissonância expressiva" (Jean Aubry), adivinhando e solucionando duma vez e pra sempre a estética do piano, com seus processos inéditos, suas progressões transbordantes, sua melódica pendular, orgiaticamente entregue às formas várias da vida, Chopin dança. O fundamento coréico da sua arte não é apenas expresso nas danças, mazurcas, polonesas, cracovianas, tarantelas, boleros, escocesas, valsas. Não sou o primeiro a afirmar: é a própria personalidade de Chopin que se dissolve em dança, não apenas nos ritmos, mas na virtualidade da dança. Porém esta coreografia em que Chopin se dissolve não é fáustica, pois lhe repugna o senso metafísico, mas a dança dionisíaca. Chopin está da banda de Dionísio e não de Fausto. Não se trata porém apenas de por vezes atingir dionisiacamente essa alegria que André Gide percebeu. Chopin dança no inverno, em principal. Ele concentra especialmente em si o sentido dionisíaco da saudade evocativa e da espera colérica do reflorescimento da vida. Na tragédia coreográfica de Chopin há sempre a revolta incontida, o desespero insopitado, a esperança, a proclamação raivosa de uma futura vida milhor. Como no rito de Dionísio, ele obriga a primavera a voltar.

Não será acaso também esta a significação, toda a "coréia" guerreira da atualidade?... O que nos falta para assim nos depredarmos nestas guerras de morte total, senão atingirmos apenas (apenas!) a primavera da vida!... Gino Roncaglia descobre admiravelmente uma explicação para o último tempo da "Sonata em Si Bemol Menor," tão discutido e comentado, quando diz que após a "Marcha Fúnebre," Chopin resolve o problema do ser sem desespero nem alegria: cosmicamente. Átomos errantes, o movimento perene do universo. Desaparecem tempo e espaço. Vórtice. É o devenir eterno! Princípio e fim. E o acorde final gritante parece dizer: "Assim é". Algumas poucas vezes Chopin terá atingido êste sentimento cósmico, sobretudo nos prelúdios de Valdemosa, ao contato bruto da natureza. Mas o que encontraremos de preferência na obra dele é uma interioridade de sentimento humano de tal forma incisiva e geral, que se fundem estranhamente nele as várias formas humanas da vida. Que força encantada lhe terá permitido esse dualismo harmonioso do artista aristocrático ao mais possível que se converge em forma popular! É o que conclui também, um pouco espantado, Henri Bidou, na sua análise da obra chopiniana, quando afirma: "Não existe música mais quadrada (isto é, mais geral, mais de povo), como não existe outra que seja mais aérea e mais fluida" (isto é, mais erudita, mais pessoal, mais livre).

Este é Chopin, srs. Alunos, personalíssimo e inconfundível, popular e confundido na multidão. Ele foi sim um revoltado contra a "escola". Não porém cabotinamente escondendo a ignorância, a preguiça, o abstencionismo, na bruma acomodatícia do inacabado, no cultivo do individualismo e da genialidade incompreendida. Chopin jamais bancou o revolucionário incompreendido. Chopin se criou uma técnica. Só depois de dez anos de estudos, se revoltou na aspiração de "criar um mundo novo". Chopin conheceu a sua arte e o seu instrumento, não só genialmente, o que independe da vontade do homem, mas como estudioso consciente, "senhor dos seus pensamentos". E suas obras, por isso, dentro da maior liberdade e da maior novidade eterna, têm uma universalidade, um equilíbrio construtivo de fundo e forma que qualificaremos de "clássico", na milhor realidade desta palavra. São intangíveis. Só poderia tão humana musicalidade ser moldada na música em que o foi e eternamente está.

Chegamos finalmente à conclusão deste discurso. Por certo não nos bastaria reconhecer que Chopin foi integralmente um romântico do seu tempo e um realizador revoltado de sua personalidade. Mas já agora vereis que é mesmo destas duas caracterizações aparentemente contraditórias dele, que deriva a sua força de universalidade e sua imagem simbólica. Este é o milagre de recompensa que a arte concede aos seus filhos legítimos. Pois é mesmo dessa contradição, mas vivida com toda a honestidade do artista, com toda a consciência da função da arte e do artista, com o ideal jamais abandonado da dignidade da arte e do artista, que Chopin alcançará a recompensa conclusiva de ser universal, atualíssimo e símbolo permanente.

Na "Histoire de ma Vie" George Sand afirma que si ela e Chopin afinal acabaram por se separar, é que ela não tinha nem os mesmos gostos dele, nem, fora da arte, suas idéias, seus princípios políticos nem sua maneira de encarar os fatos. O que, na intenção dela, conclui Henri Bidou, quer dizer que Chopin gostava de freqüentar a alta sociedade, era um católico, não era democrata e julgava com intransigência.

Aliás o que George Sand diz então da religiosidade supersticiosa de Chopin tem muita aparência de literatice pura, como quase toda a autobiografia dessa mulher apaixonante. Ela já não floreara em literatice, na fábula do "Elle et Lui", os seus amores com Musset? A verdade é que nada Chopin deixa transparecer nas suas cartas tão largadas, dessa religiosidade supersticiosa. Pelo contrário, temos mais de um testemunho de que ele sempre foi altivo e discreto a respeito dos seus possíveis sentimentos religiosos e dos patrióticos, mesmo com os amigos mais íntimos. E nos basta recordar certas passagens religiosas da obra dele, como a do "Noturno em Sol Menor," para reconhecer o equilíbrio sereno das suas crenças. A mentira de George Sand é aliás a mentira conhecida e pobre de todos esses que, conseguindo se libertar da lei, reduzem os sofrimentos, as quedas, as angústias dos que estão dentro dela a meras "superstições". Quando eles o que fizeram foi substituir uma "superstição" difícil por outra facílima, com que imaginam acobertar a gratuidade dos seus costumes. A libertação de qualquer crença moral, sem que ela seja imediatamente substituída por outra, terá sempre os aspectos e os efeitos de um comodismo devasso. E o fato é que a republicana e condescendente (mas tão condescendente!...) George Sand, com a sua democracia e desenvoltura liberdosa, se agarra em sua época, é o mais datado de todos os romancistas românticos: não nos fornece um grão da humanidade e da universalidade de Chopin.

Conclui o biógrafo: "Não nos esqueçamos de que foi só ela a falar e que Chopin se calou"... Mas não é a total verdade que ele tenha se calado, porque na obra musical lhe ficou a biografia artística. A arte de George Sand, por mais que tenha aparência do contrário, era bem um esteticismo, um prazer burguês, uma falsificação da vida e da sua vida. Tudo ela fez pra se justificar, se embelezar, se "hedonizar" em "Elle et Lui", em "Lucrecia Floriani", na "Histoire de ma Vie". A Chopin, artista integral, a sua vida não se tornará jamais uma ficção, como para Berlioz, como pra George Sand. A vida importa pouco para a arte, enquanto vida apenas. Só importa enquanto transfigurada em arte e então é dádiva de humanidade. Como foi pra Dante, como foi pra Palestrina e Fra Angelico, como o foi pra Goethe e Shakespeare, e o próprio Beethoven, e o próprio Schumann, e o próprio Camões. A verdadeira biografia de Chopin não está na sua vida, está na sua arte. Nesta e para ela é que ele viveu e se exaltou em sua grandeza humana.

Chopin é tudo!... Chopin é romântico dos mais entregues, mas trai o Romantismo pelo seu equilíbrio clássico. Chopin é de classe mas trai a sua classe de pequeno burguês, vivendo aristocraticamente entre nobres escolhidos e ricaços, assim como vive entre artistas sonhadores. Chopin é um revolucionário de técnicas, mas não descreve à romântica e renova formas tradicionais. Chega a ser consternadora a curteza de incompreensão com que Vicent d'Indy lhe renega a arquitetura das sonatas, que aliás ao próprio Schumann espantavam. Mas que nos importa o nome desses dois poemas sublimes, se justamente neles, em vez de se abrir, Chopin se calou? Nossos contemporâneos iriam tomar liberdades estéticas ainda mais assustadoras com o nome da sonata, a que, afinal das contas, é estupidez de Beckmesser atribuir uma forma só, lhe escamoteando a história. O que Chopin fez, e unicamente ele conseguiu perfeitamente, foi dar a solução romântica da sonata. O que importa é constatar que mesmo a estas, como também aos seus esquerzos rompendo com qualquer noção brincalhona de música, com seus prelúdios que são a própria vida da música pegada ao instantâneo, o que importa é constatar, por vezes assombrados do prodígio, que a todas as suas obras principais Chopin deu a forma única e o espírito único em que poderiam ser vasadas.

Neste sentido, ainda numa espécie de contradição, numa reviravolta que é o milagre de recompensa da arte aos seus filhos legítimos, Chopin consegue ser o mais exato artista "estético", o mais "hedonístico", o em que a beleza é uma conseqüência inelutável do artefazer, o mais lógico servidor da beleza, livre do bem e do mal, livre da verdade e do erro. É que ele ergue a arte da música a uma realidade, a uma necessidade, a uma pureza de essencialidade absolutamente excepcionais. Como conquista de equilíbrio entre fundo e forma, entre sentimento e expressão dessa incoerente linguagem do inexprimível, ele é mais direto, mais lógico, mais coerente que o próprio Mozart. E muito mais que os modernos raciocineiros ensimesmados de estéticas, quebradores brutais da universalidade *popular* das artes.

Porque não basta somente denunciar essa identidade estética admirável da criação chopiniana. O que mais a engrandece é a traição classista, com a qual ela se universaliza e populariza humanamente. Chopin se desespera com a queda de Varsóvia um dia, para no seguinte se enojar da turba que deseja libertar Varsóvia. Ele trai sua classe burguesa mas conserva sempre a noção profunda da família. Ele se passa para os aristôs, mas os retrata com fidelidade psicológica, e sem esquecer nunca que "não é o nascimento que dá valor ao homem". E si passa para a banda dos artistas, está com a arte revolucionária do tempo, si quebra acintosamente as tradições da escola aplaudida e em voga: este mesmo Chopin que fugia dos concertos, que não dava "recitais Chopin" e detestava as aglomerações, era no entanto o voluntário servidor de todos, o que compunha e procurava conscientemente compor pra toda a gente. Ele mesmo se manifestou contra a arte de elite e todas as místicas classistas de arte, afirmando que a música tinha de ser compreensível a todos. E o conseguiu. Chopin nos congrega a todos na encruzilhada genial das suas obras maiores. Aí Chopin consegue a nossa unanimidade popular. Todos se humanizam comovidos. Todos se aproximam uns dos outros, porque o piano de Chopin é obra de aproximação.

E não deixa de ser muito para imaginar, não deixa de ser profético, que isso se realize por meio de um instrumento genérico, que foi o alaúde um tempo, depois foi o cravo e já por quase dois séculos é o piano... Instrumento que não é aristocrático, nem popular, nem burguês, menos de classe que de casa, menos de casta que do lar, menos de festa que do quotidiano — instrumento da família, imagem espontânea da sociedade. Não vos parece uma profecia? Ou milhor: não será uma conclusão?...

Dentro desse piano símbolo da família, Chopin nos aparece como símbolo também. Ele vive o domínio exato da arte, por essa ligação do aristocracismo do artista erudito com o popular e até mesmo o popularesco que ele não renega. Entre os músicos geniais, Chopin é um dos únicos realmente sem classe, o mais sem classe. Atinge o popular e até mesmo o folclórico nas mazurcas, na facilidade de compreensão, no rito coreográfico e dionisíaco do seu espírito. Atinge a burguesia no sentimental dos noturnos, no familiarismo do seu piano, na "sensatez", no bomsenso do seu equilíbrio. Se passa para os aristocratas nas valsas e nas polonesas, e por se conservar irredutível no seu personalismo, sendo sempre criação e sempre liberdade. Popular, folclórico mesmo, jamais que ele se utilizou da banalidade falsa dos virtuosismos de salão.

E nacional, racial, sofrendo com sua gente, curtindo a saudade inata e animal da terra em que nasceu, o que há de mais simbólico é que justo nos seus gritos de maior revolta, nos seus soluços de maior dor, como esses que sabemos, a heróica Fantasia, os Estudos em Mi e Dó Menor, eles nada têm de exclusivistas, de folclòricamente nacionais. E' certo, como sabem todos, que a Polônia vibra, chora, clama e se debate por toda a obra de Chopin. Edouard Ganche vai mesmo a afirmar que é na situação e na escravização da terra natal que está "o princípio espiritual e sensitivo" dos próprios noturnos. Mas quem de nós sente isso! A arte de Chopin se transcendentaliza e se universaliza.

Mais uma vez, em nossos dias horrendos, a Polônia se vê reduzida a um destino de escravidão. Mas assim como hoje ela é um símbolo da escravidão que pesará definitivamente sobre nós todos, se tivermos a cobardia de nos deixarmos vencer: assim os prantos e a revolta de Chopin se universalizaram simbolicamente num sentimento unânime e de todos, o amor da terra, a desgraça maldita que causam as opressões. Nisto reside a atualidade simbólica de Chopin. Nisto ele será sempre atual, pelo menos enquanto estalarem, na torturada sociedade humana, os gritos dos escravizados e o chicote do opressor.

Chopin está conosco mais que nunca nesta hora da humanidade. Chopin serviu a vida em sua arte e mais que nunca a sua arte é atualíssima em seu sentido espiritual. A sua revolta é a nossa, a sua causa, a nossa causa. Chopin está conosco. O seu maravilhoso e trágico clamor, partido do filho da terra e do escravo, é um símbolo humano. Chopin está conosco porque em sua arte digníssima, ele serviu a todos nós em nossa humanidade. Pois que o gênio dele apareça e nos guie! Que o exemplo dele nos firme a todos em nossas decisões, artistas, operários, mães, estudantes, chefes e soldados. Que ele bafeje aquelas forças da primavera que agora dançam nos campos de batalha e morrem, na esperança da liberdade, da justiça e da paz. Que Chopin firme as armas do direito dos homens naquela mesma segurança em que soube genializar as armas com que proclamou uma vida milhor. Que Chopin apareça e nos conduza em nossa dignidade humana.

Arte Inglesa

1943

PORQUE a Inglaterra não é apenas o "navio que Deus na Mancha ancorou", como cantava o nosso Castro Alves, mas de ferros levantados, navega sempre um destino menos de ilha que de navio. Quando ela principiou firmando a posse dos mares e o Império, não o fez por causa do seu insulamento, expulsa do continente pela Mancha hirsuta. Pois esse já era também o programa dos Lusos e Holandeses, e viria a ser, na época de hoje, o caso bárbaro do Japão. A necessidade de um alastramento compensatório não é necessariamente exigência das ilhas. É dos povos enérgicos mas pequeninos, que na energia encontram a coragem para os embarques de aventura, e na pequenez aquele instinto da união-força que firma logo numa psicologia racial defensiva, as misturadas étnicas que eles também são.

Em arte, pelo menos nas artes musicais e plásticas, de que vou exclusivamente tratar aqui, afirmam que a Inglaterra não tem gênios. A isto os próprios Ingleses anuem com paciência. E então um violento, como o dr. Herbert Read, chega a desgastar até certo aspecto da sua formidável literatura, notando que "it is significant that our wittiest writers come from Ireland, the least Protestant and the least capitalist part of the Kingdom". E ainda outros críticos menos apaixonados, insistem no explicar a síncope abrupta da criação artística inglesa no Renascimento, lembrando a rigidez do Puritanismo e as devastações dos iconoclastas mais bárbaros que nunca surgiram antes do século vinte – nórdicos de leste e, em seguida, os próprios Ingleses da Reforma e da Commonwealth.

Não há dúvida, é muito curioso observar que a Inglaterra católica da Idade Média, embora ainda nacionalmente dispersiva, prenunciava um povo genialíssimo em artes, que a Inglaterra protestante não conseguiu perpetuar. O próprio Gótico, discutem a possibilidade dele ter nascido na ilha, deduzido do gênio inglês. Mas si não posso me perder em problemas improváveis como esse, a verdade é que o gótico inglês não só ergueu alguns dos monumentos mais admiráveis do mundo, como, com o estilo Perpendicular e o Tudor, alcança uma fisionomia extremamente nacional, inconfundível.

O culto de Nossa Senhora varia o plano cruciforme das catedrais. Os ventos insuportáveis do frio imaginam os pórticos engruvinhados, ao invés dos portais largos, francamente abertos na nave, dos templos de França. O estabelecimento e rivalidade das ordens monásticas e dos bispados derramava por cidade e campo as arquiteturas monumentais, criando com freqüência essa maravilhosa associação de catedral e verdura, tão expressivamente inglesa, antecipação profética do ruralismo nacional. As neves eram varridas pelos tetos mais agudos, enquanto a escureza dos dias alastrava com audácia os vãos, ajanelando por vezes uma nave inteira, como na St. George's Chapel, de Windsor, ou no King's College, de Cambridge. E quem sabe como sobrevivência do complicado madeirame à mostra na parede anglo-saxã, as abóbadas góticas danam-se a multiplicar suas nervuras em aranhiços de leque e estrela que, abandonando o pulo ao céu dos perfis ogivais, fecham os tetos racionalistamente mais perto da terra. Como nos exemplares de Oxford. E com efeito, retornando ao emprego anglo-saxão das madeiras-de-lei, essa baralhada pétrea de nervuras, mata-juntas, pendentes, estalactites do Gótico, irá se renovar nos magníficos tetos senhoriais em madeira, do estilo Tudor.

A arquitetura não era o terreno exclusivo em que os artistas da Inglaterra católica se expandiam em criações geniais. O problema artístico mais misterioso dos Ingleses não será a escultura? Mesmo um apologista, como Sir Charles Holmes, reconhece que desde a Renascença, embora se empurrando em insistentes manifestações e artistas, a escultura jamais se aclimou na ilha. É certo que uma memória muito boa ou mais facilmente a consulta aos livros que eu faço, poderá lembrar o *Jaques II* de Gibbons, o *Teucer*, de Thornycroft, o *Ícaro* de Gilbert e mesmo a *Energia Vital* de Watts, obras que, afinal das contas, dignificam uma arte. E será também talvez necessário citar Alfred Stevens que não deixará nunca de provocar nos não-ingleses um mal-estar canoviano. Mas na verdade os Ingleses legítimos, essa gente já firmada em nacionalidade insolúvel com os reinados de Henrique VIII e Elizabeth, jamais não se deram bem com a escultura. Puritanismo? Individualismo religioso interpretando as bíblias? O Germano também nunca soube ser normalmente escultor... Ou será o contraste entre o ar-livre popular da escultura e o recato familiar dos Ingleses?...

A escultura segreda os corpos nus, canta heróis, relata os casos coletivos para as massas das ruas. A escultura é a cartilha do analfabeto e do operário. A escultura organiza os rituais, dispõe os cultos, ordena as forças da rua, é de rua. O Inglês, quando o navio dele aporta de novo na ilha, como gesto instintivo de torna-viagem, quer o seu lar e quer o seu campo fechado. E a escultura se afastou por isso mesmo do

Inglês. Mas que contraste branco e preto com a Inglaterra medieval! O belo calcário duro da ilha de Purbeck cria mesmo toda uma escola de escultores numerosos, cujas obras vão ornar os nichos das fachadas e os túmulos nas igrejas. A abadia de Westminster, as catedrais de Worcester, de York, de Peterborough guardam os exemplos principais. A madeira sempre bem-querida, também fornece muita figura, como a bela estátua tumular do arcebispo Peckham; assim como o alabastro, abundante em Lincoln e Strafford, que se industrializa espertamente na exportação de camelotes para o continente.

Apesar da varredura iconoclasta, o que sobrou demonstra nos Ingleses um gênio escultório, de menos refinamento técnico que o dos imaginários franceses, mas de um vigor excepcional de expressão. E vêem esses frontispícios povoados de imagens, em Exeter, em Lichfield, ou nessa catedral de Lincoln, cujo delírio escultório chega a fazer de toda uma fachada, uma sucessão bastante monótona de vários andares de nichos. Em Wells a própria técnica se refina com virtuosidade. Mas o mesmo processo de prateleiras de santos nos seus nichos, bem inglês, tão "Lincoln english", se perpetuará, em pleno estilo perpendicular, nos retábulos dos altares. Como nas capelas do New College, do Magdalen, do All Souls, em Oxford. Dessa grandeza escultória, nada ficou na Inglaterra permanente de Henrique VIII e Elizabeth.

Nas artes aplicadas o esplendor era igual a esse de construção e da escultura. Nos marfins, nos incomparáveis bordados femininos das alfaias eclesiásticas, celebérrimos e procuradíssimos no continente, nas iluminuras dos evangeliários e missais, a arte inglesa não só igualava o milhor dos outros Europeus, como às vezes não sofria comparação. Na pintura iluminada dos manuscritos, como no de Herley ou no "*Apocalipse Real*" do Museu Britânico, a vitalidade das figurinhas, a vivacidade de exposição dos assuntos superava de muito essa lindeza, um bocado morna das iluminuras do continente. Noutros exemplos porém, como no Arundel e nesse irlandês evangeliário de Kells, já ressalta essa extremada estilização das figuras, que fez Ruskin falar levianamente em incapacidade de representação humana. E Sullivan notaria com observação fina, o espírito "heráldico" que dirige o trabalho do iluminista de Kells. E com efeito, a heráldica vai ser em breve uma das manifestações mais ostensivas do instinto familial dos Ingleses e elemento dos mais constantes do seu gosto ornamental, passando para as fachadas das *manors* e das *mansions*, coroando as chaminés, decorando os painéis em madeira dos *halls* e das mobílias. E então, folheando o manuscrito de Kells, si enfim chegamos ao retrato de S. João Evangelista, notamos com estupor que ele está confortabilissimamente refestelado numa espécie de poltrona Mapple *avant la lettre!* Era uma profecia...

Ainda não falei da música. Mas que país levou mais alto a música do que a Inglaterra dos séculos papais? Os seus teóricos eram dos mais importantes e professavam mesmo nos centros mais adiantados do continente. Um John Cotton, um Giraldus Cambrensis, um Johannes de Garlandia ou Walter Odington, ou esse tão excepcionalmente claro Anonymus IV da antologia magistral de Coussemaker. E junto disso, nascia na gente do povo o emprego do canto em terças, de que alguns desses mesmos teóricos serão os introdutores no continente. E as duras e dúbias quartas e quintas européias se mudavam nas mais suaves harmonias do *gymel* e dessa outra forma inglesa de descante, o "*faburthen*" de Thomas Tompkins, que daria no falsobordão parisiense do Quatrocentos. E é de tal suavidade nova que a Inglaterra vai produzir o primeiro em data dos grandes polifonistas e orientador dos Franco-Flamengos, John Dunstable.

Nenhuma inferioridade, como estamos vendo. Pelo contrário, superioridade reconhecida e aceita. Nos fins do séc. XV, Tinctoris cede aos Ingleses a criação do contraponto. E logo em seguida, nos tempos de Elizabeth, embora já aconselhada pelas normas novas que lhe vinham do Mediterrâneo, ainda a Inglaterra mantém, com caráter próprio, um grupo extraordinário de polifonistas vocais. Entre eles há pelo menos uma figura genial, William Byrd, cujas "*Cantiones Sacrae*" e especialmente o monumento dos "*Gradualia*" se elevam às maiores alturas da polifonia universal. E nas obras de Tallis, de Morley, Michel Est, Thomas Weelkes, Pilkinton, Dowland, John Bull (talvez o autor verdadeiro do "*God Save the King*)," o madrigalismo inglês, sempre nacionalmente mais reservado, mais intimista que o itálico, a este se irmana pela mestria técnica e a beleza de concepção coral.

É incontestável que a Idade Média inglesa produziu uma obra artística das mais excelentes e das mais importantes da Europa. E embora nesse tempo os ingleses ainda não fossem os viajantes comerciais e colonizadores de Jayme I, a arte nacional já se definia por uma das suas mais sutis caraterísticas. Freqüentemente influenciada por elementos estranhos, recebendo muitas vezes as suas orientações e motivos do continente e... da China, a arte inglesa nunca se tornou o que se entende exatamente por cosmopolita. Nem mesmo na arquitetura, apesar das formas e das mãos operárias francesas, holandesas, italianas que importava. A sua pintura, de tão fundo reflexo nacional, quando não deriva de Holbein, se dirige por Van Dick. A sua música ora escolhe Haendel, ora o madrigalismo itálico, ora mesmo Cambert, onde se inspirar. Os seus ornatos de terracota lhe são ensinados por Giovanni da Majano ou pelo Torrigiano. Porém nessa escolha discricionária de origens exóticas, não só a Inglaterra preserva a sua vitalidade étnica tão impressiva, como recusa sempre a líquida substância do cosmopolitismo. Londres será talvez a menos cosmopolita das grandes capitais do mundo... Também assim a arte inglesa, mesmo no séc. XIX, seu século mais infeliz, jamais apresentará o cosmopolitismo da pintura francesa, nem da música italiana ou da arquitetura ibérica, nem de todas as artes tanto dos Romanos do passado como dos norte-americanos ou argentinos atuais. E si um mesmo inglês, levado pela ausência de gênios na Inglaterra puritana e capitalista dos tempos modernos, nos afirma que os patrícios dele não têm o menor gosto artístico, nenhuma explicação milhor do sentido inglês da arte, do que essa firme repugnância pelo cosmopolitismo. A Inglaterra sabe escolher. E nas vezes que não soube escolher, como com os Pré-rafaelistas, e com Mendelssohn, o navio fez água.

Pois é verdade: feita e perfeita a Inglaterra com Henrique VIII e Elizabeth, ela pouco produzirá gênios universais nas artes musicais ou plásticas. Os três grandes países pequenos e viageiros da Europa se irmanam nessa contingência nacional, jamais se expressando em todas as artes com a mesma universalidade de grandeza. Si procurarmos na música um gênio português, na literatura num gênio holandês, que se equiparem a Camões e a Rembrandt, será impertinência lembrar um nome qualquer. A Inglaterra também nos aturde com Byron, Shelley, Dickens, Bacon e vinte outros nas artes da palavra. Porém propor ao lado deles e do gigantesco Shakespeare, mesmo o puro William Byrd e talvez Purcell, e ainda Gainsborough ou mais acertadamente Constable, bem menos um Inigo Jones, a que só o futuro poderá juntar o nome de Charles Chaplin, talvez seja fazer papel bastardo de apologista, e não de estudioso que aos poucos é que está descobrindo onde que vai parar.

Aqui, aliás, chega o momento auspicioso em que o navio, de torna-viagem, aporta no golfo nativo. A Inglaterra não terá gênios artísticos enquanto os gênios são forças de universalidade, mas talvez nenhum país tenha produzido gênios pra consumação interna, mais caraterísticos e eficientes que a ilha da Mancha. A inteligência, a criação artística são atividades interessadas e cotidianas de ser, em que o amor, o deus, a terra e a vida se exprimem sofridamente em sua aspiração a uma forma perfeita e ideal. E si a Inglaterra fora da literatura, não produziu mais gênios universalizáveis, talvez seja porque, como expressão de seu insulamento, ela não aspire a essa vida milhor cheia da suficiência, contente do seu navio. E dos domínios. A Inglaterra é um pais satisfeito! E desse destino escolhido, insulada, eternamente colonizadora e comercial, lhe vêm as características mais permanentes e gerais do seu gênio criador, através dos tempos e das artes. I. Disso lhe vem o senso prático, tão apegado à inteligência lógica e também ao senso-comum. II. — Lhe vem a sua adaptabilidade hospitaleira e mansinha, mas no seu horror das *mésalliances* sempre atenta nas escolhas. III — E o instinto quasi agressivo das jerarquias e da defesa social da família. É o que pretendo mostrar.

Já falei: desde os tempos feudais, no castelo forte, as mulheres inglesas bordavam milhor que as donas do continente. Com os Tudors, represada a fúria da construção eclesiástica, enriquecidas subitamente as famílias com as sobras imensas da riqueza monacal que Henrique VIII distribuíra entre os seus barões, essa noção da arte interessada que menos pesquisa em beleza que em seu destino de servir, principia firmando entre os ingleses a prática intensa de uma arte de função familial. Não há mosteiros, não há mais interesse no erguimento de catedrais. Mas em vez de se especializar nos palácios de reis, de príncipes ou municipais, é nas construções mais intimistas que se desenvolve a arquitetura inglesa. É nas igrejas de paróquia, que tanto caracterizam as paisagens camponesas da ilha, com uma torre só e os tetos de madeira caprichosamente entrelaçada. É nas hospedarias, nos cruzeiros de mercado. É nos colégios, então arquiteturalmente os mais bem cuidados do mundo, já atentos em graduar as jerarquias e distribuir as famílias. E é principalmente nas *manors*, que eu traduziria pela nossa "casa-grande", não fosse a noção exclusivistamente nacional da palavra brasileira. Vou preferir "mansão". E as mansões rurais se derramam na paisagem inglesa, dando a imagem mais expressiva da sua arquitetura.

Esse desejo da intimidade familial já estava fazendo o inglês preferir o campo à cidade. Não viria por certo apenas da sua recusa ao protestantismo, o católico William Byrd, no entanto "of the Queen's Majesty's Chapel", protegido e exigido por Elizabeth, muito embora professando em Londres, viver em Harlington, vilejo vegetal do Middlesex. E a contraprova é que depois Byrd velho inda irá ciscar na fazendola de Stondon Place, cultivando galinhas e processos. Já lembrei as catedrais em pleno campo, derivadas quasi sempre dos retiros monásticos. Durhan, Salisbury, Fountais Abbey... Mas é nas mansões do estilo Tudor que se desenvolve à larga esse gosto do intimismo rural. E logo depois, as próprias classes enriquecidas no comércio ultramarino, imitando o gosto de Jayme I pela vida campestre, irão também viver ruralmente nas suas casas de campo e suas mansões. E desse sentimento inglês da vida é que Ebenezer Howard, em nossos dias, dará o primeiro alerta contra o lerolero estreito da cidade, inventando a novidade mais humana do urbanismo contemporâneo, a cidade-jardim, e criando os seus primeiros exemplares, Letchworth, Hampstead Suburb... E por certo foi também o instinto do resguardo rural que reinventou na Europa, o jardim paisagístico, chamado com justiça de "jardim-inglês".

Mas eu chegara à plena renascença arquitetônica dos Stuarts. Tanto os ingleses como estranhos se apressarão em lembrar os nomes de Inigo Jones e de Sir Christopher Wren. É indispensável. O segundo, entre numerosas obras às vezes milhores como espírito nacional, nos deu a Catedral de S. Paulo, que pesará sempre muito pela abundância monumental. O primeiro criou essa obra-prima de pureza, equilíbrio e também de anglicismo que é o pavilhão de banquetes de Whitehall. Homens notabilíssimos não tem dúvida, que inspirados na solaridade mediterrânea, franquearam com mais largueza ao público o edifício inglês. E si Inigo Jones está sob o signo de Palladio, e Wren conviveu com os arquitetos de Luiz XIV, o que mais nos interessa neles, principalmente nas moradias do segundo, é a caracterização nacional da arquitetura do Renascimento, obtida principalmente pelo emprego dos materiais da ilha. É o granito de Portland. É a pedra de Bath que vai dar a modéstia tão graciosamente recatada das mansões de Somerset a Lincoln. Mais que estas pedras porém, o que vai milhormente disciplinar o anglicismo de toda essa arquitetura familial, é o emprego do tijolo, queimado no barro vermelho dos vales. É a cor de Londres, cor asmática urbana. Mas o tijolo se transforma numa admirável gostosura colorida posto de encontro ao verde vegetal. Usado desde pelo menos os fins de séc. XIII (Little Wenham Hall), é com o "flemish bond" de Guilherme de Orange que, sob inspiração holandesa, o tijolo sanguíneo se desenvolve extraordinariamente, dando o tom mais apropriado e comodista ao ruralismo inglês. Sir Christopher Wren trabalhou nesse esplêndido amontoado de tijolo vermelho de Hampton Court.

Mas à Whitehall, à São Paulo de Covent Garden, ao Greenwich Hospital, ao palácio de Winchester e às igrejas de Wren, como eu prefiro as *manors*, as *houses*, especialmente as do "caos Tudor", que nem a presença do gênio prepotente de Holbein conseguiu desnaturar. Como pureza de fraseado e lógica construtiva, o estilo Tudor terá muito de censurável e mesmo de inadmissível. Mas é que os ingleses de então e mesmo os *gentlemen-farmers* de Jayme I e da época jorgiana já insistiam nesse apego aos elementos tradicionais e nessa desconfiança ao exótico das formas inéditas, que eles estavam acostumados a ver longe do seu *home*, nas terras que o navio lhes dava pelos mares. Esse mesmo apego ao passado ilhéu, que se resguarda assustadoramente, ainda hoje, no ritual tantas vezes caricato dos seus cerimoniais de corte e edilidade. Essa mesma desconfiança e anticosmopolitismo que, apesar de aceitações recentíssimas, como ficou provado com a exposição do grupo Mars em 1938, explica a insistente recusa nacional à verdade da arquitetura moderna. Os ingleses talvez se envaideçam de manter em nossos dias a pior arquitetura do mundo. A dúvida é si não haverá nesta recusa alguma fonte de razão... Em todo caso, é dessa desconfiança, é do senso-comum e do tradicionalismo inglês, que esta minha cidade de São Paulo se enriquece com dois dos seus edifícios mais belos e mais dignos, a Estação da Luz e os escritórios da Light. Não estou convencido, está claro, que a lambugem inglesa desses dois monumentos nobres, destrua o direito nosso a compensações e reinvindicações mais nacionais e humanas. Mas talvez eu esteja me passando para problemas que deverão se postular do após-guerra, não já.

E eu quero gostar livremente das mansões rurais do estilo Tudor! Para os Ingleses. Surgem esses partidos, essas fachadas irregulares em que muitas vezes em torno do pátio quadrangular, como em Compton Wynyates no Warwickishire e Sutton Place em Surrey, os corpos do edifício se destinam claro já pelo exterior. É toda uma variedade graciosa, uma segmentação sempre intimista, devido a programas em que interfere dominantemente o instinto familial e hierárquico, cada vez mais firme, tanto das gentes como até mesmo dos serviços.

Por dentro, embora o sentimento da comodidade esteja alargando os cômodos e lhes elevando o número, embora as salas de estar e os quartos de dormir aumentem de importância e cuidado no acabamento, é sempre o *hall* que domina. O *hall* é o símbolo a expressão maior da *squirearchy* e da hospitalidade do novo inglês comercial. O *hall* é donde o senhorzinho domina os seus inferiores até jantando na mesma sala que eles, ou recebe os estranhos. O senso do conforto e da hospitalidade procura adornar a peça longa com as chaminés e especialmente, para proteger das lufadas frígidas de fora, os paraventos de entrada. Estes são os dispositivos mais peculiares desse *hall*, tomando toda a largura da sala, verdadeiras peças arquitetônicas de madeira, quasi sempre solucionadas a meia-altura num palanque interno, donde, nas festas, os *minstrels* tocam e cantam a valer. A mudança dos costumes, a diminuição dos apaniguados aguerridos, o número cada vez maior de aposentos já enfraquece o sentido feudal do *hall* gótico. Mas há que mostrar aos hóspedes a importância e a riqueza do dono. E se a peça restringe o tamanho, em compensação desabrocha num esplendor de um refinamento novo, assombrando a visita. A heráldica, os brasões aumentam de magnificência. As paredes se vestem de lambris lavrados no carvalho doce do Lancashire, muitas vezes apaineladas até o teto. Também neste o pau-de-lei se entrelaça em bordados às vezes de uma beleza lancinante, como no *hall* de Henrique VIII, em Hampton Court. As paredes se eriçam de armaduras e troféus de caça. As bandeiras coloridas pendem heráldicas lá junto ao teto. Com a Renascença as madeiras vão sendo gradativamente abandonadas, não porém o enriquecimento dos tetos. E inspirados nos aranhiços do Gótico, os novos tetos de estuque atingem por vezes uma minúcia de tratamento quasi absurda, em *ribs* e penduricalhos onde "qualquer senso funcional da arquitetura se perde".

De arquitetura ou mais exatamente de engenharia? Nessa maneira inglesa dos tetos excessivamente pesados, sem a colaboração das pinturas aliviantes do continente, aranhóis prodigiosos, tramas inesgotáveis de madeira ou de estuque, talvez haja um sentido psicológico-social da função protetora do teto. É profundamente uma expressão hierárquica, preservando a noção familial da casa. A Inglaterra se instalara definitivamente em nação e viera descansar na vida íntima dos seus campos. Mas o baronete e o comerciante enriquecidos exigem o conforto do lar. E debaixo desses tetos, mais pesados que estruturais, mais ricos que belos, o Inglês se sente em casa, afiançado em sua opulência e protegido pela sensação de força e eternidade que dão as coisas pesadas.

E, assim garantido, ele se entrega à delícia da música. E música estritamente familiar — não fossem os Ingleses os criadores, na voz de Bishop, desse hino do lar que é o "*Home, Sweet Home.*" Como derradeira manifestação daquela grande polifonia, e não das menos elevadas, enxameiam os madrigalistas e os compositores pra virginal "so called because virgens and maidens play on them". O Inglês sempre se dera ao canto em coro, nacionalizado eruditamente nos *anthems,* no *catch* e no *glee.* A essas obras a várias vozes, religiosas e sobretudo profanas, mas não exigindo virtuosidade técnica nem virtuosismo profissional, é que Bukofser designou como criação "popular" embora não folclórica. Eu creio que seria milhor entendê-las e as designar mais como música familiar que popular. O seu destino não era exatamente o povo, era a família. E nas famílias esses coros mais fáceis viviam, não exigindo ensaios, como alimento não de festas, mas da vida íntima do lar.

E mesmo quando os madrigalistas trazem as maneiras itálicas para a ilha, embora já difíceis de execução, jamais que as suas obras adotam aquele sentido espetacular e dramático dos madrigais de um Gesualdo ou dum Monteverdi. O madrigalismo inglês, embora alcance por vezes uma esplêndida profundeza expressiva, há de se resguardar dentro de um intimismo delicado. No teatro musical não será nunca na ópera de gala que os Ingleses se verão mais músicos. O esnobismo sempre importará estações líricas, porém com a ópera, jamais os Ingleses puderam se acomodar. Também o sinfonismo novo não lhes será propício por dois séculos. Deliram diante de Haydn, cumulam Haydn de honras e libras, mas nunca terão seu Haydn. E da mesma forma que o mel de Van Dick, de preferência ao gênio de Holbein inspirará a mais específica pintura inglesa, é menos a potência de Haendel que o hermafroditismo de Mendelssohn a dar com aproveitamento uma fonte ao melodismo adocicado dos Ingleses. Mas Purcell, que soube se colocar entre os grandes melodistas europeus e ainda se livra do açucarado dos séculos seguintes, terá como maior criação do seu gênio melodramático, uma obrinha intimista, "Dido e Eneias", escrita pra um colégio de mocinhas do Chelsea.

E ainda estou melancolicamente recordando esse Quarteto de Londres que, na mais alta perfeição técnica, sempre se conservou o mais intimista, direi mesmo o mais lareiro de todos os quartetos de palco. Esses quatro Ingleses traziam a tradição de Thomas Briton, que na água-furtada da sua carvoaria principiou familiarmente fazendo música de conjunto tão hábil que mesmo nobres, o conde Sunderland, o conde de Oxford, freqüentavam a sala modesta do operário. Dessa tradição o Quarteto de Londres fecundava o mistério da sua grandeza. Jamais a arte de câmara dentro da maior beleza, esteve tão comodamente esquecida da realização espetacular da beleza como com esses quatro Ingleses ignorando que havia público.

Também deriva desse instinto familial a manifestação mais típica da pintura ilhoa. É sabido que a arte do retrato em nenhum país se expandiu mais que na Inglaterra. A grande pintura inglesa como que se restringe ao retrato. Mas será preciso fixar bem a natureza familial do retratismo inglês, para entender a genialidade de Gainsborough e mesmo de Sir Joshua Reynolds. Por certo eles não serão maiores retratistas que um Velasquez, um Ticiano, ou Goya ou Rembrandt. Mas ao passo que os grandes pintores do continente cuidavam em dar o caráter humano dos seus personagens, os retratistas ingleses, sobretudo depois da lição de Van Dick, tão nacionalmente reveladora, não viram na arte do retrato, sinão o sentido do sangue e da tradição familial. Pintaram vivos com a intenção da galeria de antepassados. Daí o ar longínquo e bastante factício dessas donas belas, sempre novas, de pele ainda inigualável. Daí os senhores de uma feiura sisuda, sóbrios, dignos e morais por fora. E daí esse gênero tipicamente inglês que, em oposição aos conjuntos mais democráticos das corporações flamengas, nos deu a "conversation piece", a família reunida parolando num recesso do lar.

Todo o retratismo inglês toma assim um como que também sentido heráldico. Esses retratos de estilo funcionam como brasões. E como não lembrar o sentido "brasão" artificial que Charles Chaplin deu à cara lívida de Carlito... Foi também ainda esse mesmo sentido heráldico do retrato que fez dos pintores ingleses os mais perfeitos, os incomparáveis miniaturistas do mundo. O desejo de parecença não se perde nunca num Hilliard, num Peter Oliver, em John Smart, em Cosway, Samuel Cooper e tantos outros. Mas si eles se avantajam aos miniaturistas do continente, é sempre por aquela ciência pacífica do detalhe e da minuciosidade, das medievais bordadeiras inglesas, bordando já agora no marfim colonial essas pequenezas de ostentar na veste. Cada qual traz consigo o seu brasão familial e seu filho ou mãe ou cônjuge, filigranadamente miniaturados. Tanto o brasão como a miniatura participam do mesmo "heraldismo" familial.

(Que instinto arraigado da paciência caseira transborda da agulha feminina para quasi todas as artes... Não são apenas as artes menores que demonstram esse miniaturismo inato. Ele atinge a própria arquitetura na renda dos tetos e dos vãos enormes, como nas frontarias bordadas de madeira de Speke Hall, de Bramhall Hall, de Staple Inn. E se é verdade que esperdiça menos o virginal de Giles Farnaby que o cravo dos Couperin, ele se instala na pintura, criando os maiores miniaturistas do mundo. Vai para a jardinagem que toda se pontilha em fábricas do brinquedinho chinês. Aliás, estou imaginando si o *humour* não derivará também de um como que miniaturismo moral... E com efeito, eu vejo esse miniaturismo inglês surgir estranhamente nesse alucinante rodamoinho de detalhes, detalhes, detalhes, que transmuda mesmo os mais dramáticos painéis de Charles Chaplin num rendilhado itinerante de símbolos, chegando a lhes enfraquecer um bocado a força pragmática da lição. Como em "*City Lights*" ou no "*Great Dictator*").

Só talvez nas figuras de crianças esse conceito heráldico do retrato inglês se abranda, em proveito de uma graça mais natural. São jóias maravilhosas de frescor, de carícia, essa "*Idade da Innocência*" de Reynolds, esse"*Blue Boy*"essa"*Pinkie*"de Lawrence, e todo esse jardim da infância de Romney e de Hoppner. Pintavam os seus filhos ao natural, que eram ainda animaizinhos, não eram "gente". Mas da Duquesa de Devonshire, da condessa de Harrigton, de Lord Heatfield, de Lord Newton, de Mistress Robinson, de Mistress Siddons, de Lady Ward, de "sir" John Sinclair os retratos de fatura magnífica estatelam o aspecto brasão. "A shy grace, a restraint, and we must admit a certain amateurishness", reconhece "sir" Kenneth Clark. Amadorismo do retratista ou do retratado? Em sua catilinária, Herbert Read lembra a concepção inglesa do *gentleman*, "one whose clothes you do not remember"... O ideal é ter a noção intimista do ser, do lugar social de sua família, vivendo fechadamente a vida mais viva que seja, mas sem dar aos outros o espetáculo das fragilidades humanas. Esse espetáculo estará milhor em nosso grande Shakespeare, em nossos poetas sublimes, nossos romancistas. Este é o milhor sentido dos retratistas ingleses, tão insistentes até em nossos dias. E é na representação desse conceito da vida e do homem nacionais que Gainsborough como Reynolds se contam entre os maiores retratistas do mundo.

Ainda existe uma outra curiosa desinência familial na pintura inglesa, a legião incontável dos animalistas. É certo que esteticamente um Stubbs, um George Morland apenas se distinguem da mediocridade. Nenhum Pisanello, nenhum Paul Potter ou Barye. E o rei dessa legião de animalistas será sempre Sir Edwin Landseer, de quem os Ingleses sempre gostam quando não se querem conhecedores e críticos. Esse é o Greuze do animalismo. Seria mesmo possível discutir o título de animalista a esse pintor medíocre que só quasi pintou animais. Cuidou dos seus cachorros e cavalos, lhes dando sempre uma tradição humana. Na verdade não pintou cachorros nem cavalos. Foi inglês, tomando os bichos com a mesma seriedade amiga e delicada com que os Ingleses tratam os seus xerimbabos mais como crianças que como animais. Por certo Sir Edwin Landseer está mais dentro da natureza plástica dos Ingleses que esse William Blake, tão insistentemente redescoberto em seus desenhos frios, sem que eu consiga saber exatamente por quê.

Não é possível aceitar que a arte inglesa tenha sido genial apenas na literatura. É ter uma concepção errônea da vida, isso de medir as artes apenas pelos gênios deslumbrantes. Si na literatura a Inglaterra vai no seu navio colonizar a vida universal, nas outras artes ela resolveu ficar em casa. E para viver nessa arte prática da família, ela criou a noção do "conforto". Desenvolveu como nenhum outro povo a arquitetura de lar e o mobiliou como a um verdadeiro lar. Este é o segredo e o milagre do mobiliário inglês, do Queen Anne, do Adam, do Sheraton, sem excluir nem mesmo o mais festivo Hepplewhite. Não tem nada de mais acertadamente familial que os móveis firmes e confortáveis do Queen Anne, como do Chippendale em principal. O que distingue exatamente o móvel inglês é ser intimamente familial e familiar. É a mostra exata da abastança sem o menor exagero ricaço, ao mesmo tempo que dentro da maior segurança, sem nenhum peso abusivo, é portátil, duma leveza, duma mobilidade raríssima. Familiar pelo conforto, pela segurança e transportabilidade, ainda é familiar por essa paciência caroável, "whose clothes you do not remember", com que se ajeita em qualquer peça ou família classificada. Não é, jamais será, nem mesmo quando influenciado por essa obsessão inglesa que é a China, jamais será um móvel espetacular, próprio dos salões e galerias, móvel de festa feito... para Inglês ver, como o dos Luízes dourados. E essa significação familial do móvel inglês, irá mesmo causar todo um reflorescimento do bordado feminino, em painéis de seda extraordinariamente cariciosos, custando vários anos daquela paciência, para armar as cortinas de cama da época Chippendale.

Home, sweet home... O inglês viaja, conquista e comercia, para possuir o seu lar. Londres é a cidade mais simbolicamente feia do mundo. O Inglês proibirá a exportação das suas lãs, dando o exemplo da primeira nacionalização de indústria grande. Já os matos estavam por demais devastados e no campo recém-nascido dava-se a criação do carneiro. Façamos os nossos tecidos. Mas comamos os carneiros depois. Como também a suculenta vitela selecionada. Toda uma arte culinária nasce, ainda ela impregnada do sentido familial da vida, sadia, simples, sem numerosas especiarias nem misturas virtuosísticas, sem nada de festivo e espetacular. Então, como as paisagens aveludadas no verde claro da relva não saberiam produzir álcois magnificentes, como os da Borgonha, de Cognac ou do Reno, os Ingleses apelaram para os povos com que sempre mantiveram insistente e menos discreta fraternidade. E, pois que já faziam o mesmo com Haendel e o Torrigiano, com Mendelssohn, Holbein, Van Dick, deram foros de *squire* ao whiskey seco dos Escoceses e ao gordo Oporto português. E tivemos em nossos dias essa invenção incomparável, genial da arte familial: poltrona Mapple com whiskey ao lado. Em tal silêncio confortável pode-se bem ser humorista. Amém.

Por acaso já vos impertinou essa psicologia miniaturística e lareira do *humour*? É o indivíduo repoltreado em si mesmo e em "shy grace", o homem que já viu mundo e as desgraças do mundo, mas desconfia, apesar de tudo, do seu próprio conforto solarengo. Então desanda nessa ressalva do indivíduo, que se especializa em sorrir caricaturalmente de tudo e de seus próprios elementos nacionais de grandeza. E Gillray fixa a figura plástica de John Bull, a própria Inglaterra, sem aquela humana simpatia de Marianne.

É outra manifestação tipicamente inglesa, essa caricatura humorística, também quasi sempre de um comedimento de *gentlemen*, comodista, raro sarcástica, sem jamais buscar a universalidade revoltada de um Callot, de um Goya, dum Daumier. É antes um inabalável senso moral unido a um muito forte instinto democrático de liberdade, que caçoa das instituições e lhes afiança os defeitos presentes, sem nunca pretender destruí-las. Este será porventura o sentido mais constante da caricatura inglesa, toda a expressão nacional do Punch, um dos marcos do humorismo universal.

Pois, como que pra reunir simbolicamente à noção familiar essa maneira conformista com que o humorismo inglês se apresenta nas suas artes não-literárias, nada parece mais significativo do que no frontispício da revista famosa, o retrato de Mr. Punch vir acompanhado do seu cachorro. Percebido o símbolo, logo nos lembramos também do auto-retrato desse artista genial do humorismo, Hogarth. Também este, si se retratou de meio corpo, reproduziu ao lado o seu buldogue em corpo inteiro. Uma fidelidade apta a morder os outros.

Já, discrepando bastante das caricaturas do gótico continental, as cenas de costumes caricaturadas nas igrejas medievais inglesas, em Hereford, Ludlow, Minster, Wellingborough, prenunciava a visão de Hogarth. Mas só mesmo este viria denunciar de maneira moral, o heraldismo mascarado dos costumes sociais e da família puritana. Hogarth não trai a tradição do retratismo ilhéu, mas além de a revolucionar, a criticará não-conformistamente na sua mais autêntica obra-prima, retrato, sim, mas dos seus criados. Não trai também o senso realista da lógica inteligência inglesa, mas o denunciará nessa outra obra-prima em que ele atinge a força populista de um Breughel, de um Franz Hals,"*The Shrimp Girl*." Mas não é nem no realismo lógico, nem na própria tradição do retrato que lhe deu celebridade, que Hogarth desenvolve a importância da sua contribuição. Esta se realiza na crítica dos costumes, com sarcástico senso moral e defensivo da sociedade familial, em numerosas telas soltas e nas séries monumentais do"*Marriage à la Mode*," de"*Rake's Progress*," de"*The Harlot's Progress*." Hogarth é um dos padrões maiores, dos mais nacionais e singulares da arte inglesa. E si sempre é certo que o sentido crítico prevalece em importância nas suas telas (pois o que é arte!...), por detrás do humorista permanece inviolável o grande pintor e desenhador do"*Retrato dos Criados*" e da"*Rapariga dos Camarões*."

Já a música, com sua ausência de compreensibilidade intelectual, se ajeita menos com o humorismo. Assim mesmo, além da manifestação bem étnica da opereta inglesa, criadora da personalidade quasi genial e desagradavelmente insatisfatória de Sullivan, os Humouristas musicais não são raros na época atual. Eugenio Goossens nos deu um bom exemplo disso no"*Caleidoscópio*," assim como Arnol Bax em *Vodka Shop* e *Whiriligig*. E em Lord Gerald Tyrwhitt Berners, a Inglaterra produziu talvez o único autêntico humorista musical que nunca existiu. No piano mais íntimo é que Lord Berners criou o milhor das suas caricaturas e paródias. As admiráveis "*Valses Bourgeoises,*" os impagáveis "*Fragments Psychologiques,*" a "*Chinoiserie*" (ainda a China. . .), e a "*Fantasia Espanhola*" onde se retrata aquela complacência bem-nascida e bem-humorada com as formas popularescas da vida, estão dentro do mais essencial espírito inglês.

Também estava reservado à Inglaterra esse lustre grande de nos propor o gênio artístico talvez mais atual da época nossa, Charles Chaplin. Arte do futuro? Talvez antes, arte de decadência. . . Mas apesar deste seu aspecto bem representativo da coletividade inglesa do século, Carlito transborda humanamente dos caracteres de sua terra de nascença. Ele percebeu como ninguém a funcionalidade artística do cinema, a sua funcionalidade popular. Ainda aí ele é bem dessa Inglaterra que jamais pôde abandonar, nas suas artes, o assunto conscientizado, para se deliciar hedonisticamente na exclusiva pesquisa estética. (E não é à toa que foi um Inglês quem denunciou a impermeabilidade humana do "hedonismo". . .) Porém, apesar do significado social das suas obras grandes, Carlito ainda é o riso, ainda é a gargalhada, ainda é o passado, porque no geral os que apontam o futuro não sabem rir.

Si ele compreendeu como ninguém a eficiência coletiva, atualíssima, do cinema, si soube como raros delimitar e oferecer verdades elementares, cujas cores simples são mais aptas a tingir as multidões, Carlito persegue essas verdades mais pela assuada que pela crítica destruidora, deixando os corações gozados, na inatividade da recusa cumprida. Quando em verdade as recusas inda estão por se cumprir. E, como prova final do seu sentido decadente, Carlito acaba o painel grandioso do "*Grande Ditador*," defendendo a democracia num discurso que tem todos os aspectos do panegírico. Talvez sem querer, o que Carlito defendeu, mas foi uma Inglaterra ainda vitoriana. E não é possível imaginar que a própria Inglaterra, sempre, em seu conservadorismo, tão flexível às realidades do mundo, volte no futuro a esse passado que Carlito defendeu.

Venho insistindo sobre o apego da arte inglesa à inteligência consciente. Essa é ainda uma das expressões mais características do Inglês, que deixa quasi exclusivamente as artes da palavra para válvula da evasão. Prático, muito amigo da sua inteligência lógica, achando indispensável que as coisas se sustentem por si mesmas, bem acabadas, compreensíveis e úteis as artes provam bem essa atitude do Inglês diante da vida. Essa não é a estética mesma da poltrona Mapple? Não é a estética mesma de Sheraton, em pleno e dispersivo barroquismo setecentista, montando a idéia primeira de economizar espaço com seus móveis mecânicos que reuniam várias utilidades num móvel só?

É sintomático que Ronciman Terry, ao colocar o compositor William Byrd entre os místicos da velha Inglaterra se visse obrigado a comentar eles demonstrarem ao mundo que "the truest mysticism postulates the truest sanity".

Na plástica assim que as artes contemporâneas se divorciaram do assunto e do seu público com os vários cubismos e purismos, dissolvida paradisiacamente na pesquisa estética, a Inglaterra perdeu qualquer importância coletiva. E para prova de excesso de lógica a sua tentativa que se tornou mais internacionalmente conhecida, foi a do escultor Epstein, tão discutível, inventando um "*Cristo*" bem barbeado, de cabelo curto e topete, na intenção de atualizar para nosso uso cotidiano, a imagem tradicional de Jesus. Com a plástica moderna, a Inglaterra não pôde mais concorrer à vida universal com um Turner, um Whistler tambem anglicizado como Epstein e um Constable, que tão convincentemente ainda a representaram no Oitocentos. Sheldon Cheney conclui numa síntese lapidar: "England's serious art is of the camera-eye and the brain. There is also an immense popular audience for the whimsical and the roguish. It all leads to literature in art, away from pictorial structure, plastic rhythm, and the architectonic virtues. In a very great deal of British apreciation it is the collateral literary, social, and historical significance that most counts. Without recognition of this associative factor, one cannot approach English art with understanding of the country's own reaction to it and love for it, and the commom ranking of Reynolds, Gainsborough, and Romey among the greatest masters of all time".

E embora não queira me meter pela literatura, sou forçado a salientar que nesse racionalismo da arte, nós encontramos a contraprova estética da filosofia mais racialmente inglesa de Bacon a Spencer. É todo o seu pragmatismo e a sua repulsa instintiva ao metafísico. É todo o seu senso prático baseando a tese mesma do pensamento filosófico na busca da felicidade. É o culto da experimentação de Bacon e Hobbes, o fenomenismo de Hume, e essa legião de moralistas utilitaristas, Benthan, James Mill, Stuart Mill, Shaftesbury.

Se revoltando com genial senso racionalista contra a jardinagem arquitetônica da Europa, já Bacon pregava nos "*Sermones*" a volta à natureza, ditando até as proporções dos jardins, exigindo a concorrência da árvore desenvolvida ao natural, junto aos tapetes de relva cuidadosamente aparados pela mão humana. O homem e a natureza. O inspirava a saudade do Paraíso Perdido. E de fato irão se alimentar em Milton, e em Addison e Pope, os primeiros prosélitos do jardim paisagistico. O "Garden of Pleasant Flowers" de 1656, chegava a propor no frontispício, nada mais nada menos que a reprodução do Paraíso Terrestre! E desde o século de Bacon a Inglaterra principia dispondo junto das suas mansões e palácios esses relvados ondulantes bordados no bosque secular. Por toda a ilha são os parques e jardins admiráveis de Esher, de White Knights, de Hall-Barn, de Chiswk, de Wimbleton. O de Stowe, que foi dos primeiros, delineado por Bridgeman, ainda colaborador dos parques reais de Richmond. O Gatton Park. O de Wentworth, desenhado por Repton, um dos últimos grandes jardinistas. E o mais genial de todos, William Kent, "the father of modern garden" na frase de Walpole, autor do Claremont, do Carlton-House e dos esplêndidos jardins de Pain's Hill, com a sua luxuosíssima gruta artificial. E volta de novo a China, com Sir William Chambers, autor da"*Dissertation on Oriental Gardening*"e do famoso pagode dos jardins de Kew. As chinesices esquisitas se espalham na vegetação trabalhada... ao natural, e estouram casa a dentro, nos papéis pintados e tapeçarias de seda das paredes da época Chippendale. Foi sempre porém a pintura paisagista, um Poussin por exemplo, que mais inspirou as fábricas "naturais" de Kent, de Bridgeman e desse vaidoso Brow, autor do parque de Blenheim, que acreditando ultrapassar em naturalidade o próprio Tâmisa, garganteou que este jamais o perdoaria.

Esse naturalismo é também o caminho que buscou a pintura paisagística, desde as primeiras tentativas de Richard Wilson, ainda deformadas pela teatralidade de Claude Lorrain, até a culminância de Constable, um legítimo gênio criador. John Constable é um dos maiores paisagistas europeus. Ao seu cuidado miniaturístico do pormenor, de um realismo impressionante "*The Haywain*," se alia inesperadamente um senso vigoroso da psicologia paisagista, na descrição de ventos, de efeitos de sol, nuvens carregadas, tempestades. Ainda é um colorista admirável. A sua influência foi universal nos paisagistas românticos, ao mesmo tempo que as suas idéias e o mais sutil da sua maneira foram retomados pelo Impressionismo. Aliás, contemporaneamente a ele, ainda outro paisagista alcançava fama e influência universal com suas vistas tomadas de furor romântico, Turner.

E é preciso lembrar outro paisagista notável, Seymour-Haden. Com ele e com Whistler, entramos num dos domínios mais ricos da plástica inglesa, o branco e preto. Era de esperar que os ingleses fossem mestres no desenho, na gravura, na arte do livro. O desenho é a mais racionalista das artes plásticas, vive do assunto, é um grafismo, um hieroglifo, um sucedâneo da palavra. E agora vejo que falando do *humour*, me esqueci de citar Edward Lear, uma das erpressões mais essenciais, mais típicas do humorismo inglês. Pois Lear usou tanto o desenho como a palavra, manejando ambos com irreprimível anglicismo, um dos maiores mestres do livro infantil. Assim como Whistler em algumas das "*Cenas do Tâmisa*," as águas-fortes milhores de Seymour-Haden revelam a paisagem inglesa, por assim dizer, na intimidade. Na atração encantadora das suas manchas negras nucleando a distribuição do branco e preto na prancha, ele é mestre em segredar o que a paisagem tem de mais humano, mestre dessas terras de ninguém, tão semelhantes neste e outro país. Em certas gravuras dele, pra mim as milhores, se não entram casas, um Russo como um Brasileiro sentirão o *longing* pelas suas terras rústicas. E não quero esquecer aqui um músico. Gustav Holst, também pretendendo contar essas terras de todos pela música, escolhendo pra descrever musicalmente o lugar de *Edgon Heath,* que Thomas Hardy reconheceu se assemelhar à própria natureza humana.

Esse ideal de Constable na cor, Seymour-Haden no desenho, Gustav Holst na música, de revelar a doçura grave e a humanidade da vida rural inglesa, é que permitiu ao cinema inglês nos dar a única contribuição em que ele é reconhecido como incomparável. Apesar de um Alfred Hitchcock e do movimento ambicioso de Wardour Street, não é possível atribuir ao cinema inglês a importância, por exemplo do cinema russo ou da cosmopolita Hollywood. Mas quando se aconselhou com o racionalismo ingênito da raça, o Inglês criou o movimento" neo-realista" do filme documental, numa obra que não sofre confronto. Embora iniciado o movimento, por um escocês, John Grierson, a criação da G. P. O. e dos que dela se destacaram como Buchanan, é profundamente inglesa. E se a ideologia trabalhista lhe inspirou alguns dos seus mais impressivos documentários,"*Song of Ceylon*," "*Coal Face*," e dirige o sentido social permanente dos seus filmes, também por quasi todos eles, em"*Night Mail*," "*Drifters*," "*The Voice of Britain*" e muitos outros, Grierson e a sua escola nos contam essa satisfação da sua ilha, da vida e da paisagem que está sempre no fundo fatigado do viajante inglês.

Outra desinência racionalista em que a arte inglesa gosta de estar bem consciente e se apega tanto ao assunto inteligível é o seu descritivismo musical. Muito se tem repetido que foram os ingleses a inventar a música descritiva para instrumento. Não será um mérito imenso para o conceito artístico da música, mas é bem inglês. Os virginalistas de Elizabeth se dedicaram deliciadamente ao gênero descritivo, demonstrando nele uma faculdade rara de invenção sugestiva. E um deles, Munday, foi o primeiro a descrever a tempestade em teclas.

E si pulando sobre os séculos em que a música andou brigada com os ingleses, olhamos o importante renascimento da atualidade, uma resenha por alto nos prova o quanto não foi abandonada essa exigência inata da compreensão lógica. O que predomina é sempre o descritivismo, o programa, a precisão do assunto intelectualizador. É o mesmo Gustav Holst com os já clássicos "*Planetas*," Vaugham William com a "*Sea Symphony*" e a "*Londres*," Ireland no piano com as "*London Pieces*," o "*Fire of Spring*." E aconteceu mais uma "*Dança das Bruxas*" na invenção de Lawrence e a "*Melée Fantasque*" de Arthur Bliss. E todo esse afinal das contas bem típico Cyril Scott, universalmente executado ao cair da tarde, o que prometeu mais e deu menos, presença constante de uma genialidade por completo inexistente. Mas voltando ao bom caminho, encontro Josef Holbrooke com seus ataques ao tabernáculo mesmo da música pura, compondo quartetos descritivos, inspirados em "*Byron*" ou no "*Pickwick Club*."

A sentença que manda o Inglês ser pouco artista é falsa, e ainda mais a que o acredita desprovido de gosto estético. E si é possível que a arte inglesa pague por certa ausência de universalidade orgulho da Inglaterra se preferir demais sozinha, sempre ela nos dá uma lição social bem útil para os tempos de agora. É que o artista inglês verdadeiro jamais cria na intenção egocêntrica de montar a obra-prima que o divinize. Ele jamais esquece que a arte tem de servir. E, como Inglês, serviu. Neste sentido, eu creio que as artes inglesas nos revelam mais totalizadamente a Inglaterra que os seus geniais poetas humanos.

OBRAS DE MÁRIO DE ANDRADE

1. OBRA IMATURA
2. POESIAS COMPLETAS
3 AMAR, VERBO INTRANSITIVO (Romance)
4. MACUNAÍMA (rapsódia)
5. OS CONTOS DE BELAZARTE
6. ENSAIO SOBRE A MÚSICA BRASILEIRA
7. MÚSICA, DOCE MÚSICA
8. PEQUENA HISTÓRIA DA MÚSICA
9. NAMOROS COM A MEDICINA
10. ASPECTOS DA LITERATURA BRASILEIRA (ensaios literários)
11. ASPECTOS DA MÚSICA BRASILEIRA (ensaios musicais)
12. ASPECTOS DAS ARTES PLÁSTICAS NO BRASIL
13. MÚSICA DE FEITIÇARIA NO BRASIL (Folclore)
14. O BAILE DAS QUATRO ARTES (ensaios)
15. OS FILHOS DA CANDINHA (crônicas)
16. PADRE JESUÍNO DO MONTE CARMELO
17. CONTOS NOVOS
18. DANÇAS DRAMÁTICAS DO BRASIL (folclore)
19. MODINHAS IMPERIAIS
20. O TURISTA APRENDIZ
21. O EMPALHADOR DE PASSARINHO (crítica literária)
22. OS COCOS (Folclore)
23. AS MELODIAS DO BOI E OUTRAS PEÇAS (Folclore)
24. TÁXI E CRÔNICAS NO DIÁRIO NACIONAL
25. O BANQUETE

A presente edição de O BAILE DAS QUATRO ARTES de Mário de Andrade é o volume número 40 da Coleção Excelsior. Capa de Cláudio Martins. Impresso na Líthera Maciel Editora e Gráfica Ltda., à rua Simão Antônio 1.070 - Contagem, para a Editora Itatiaia Ltda., à Rua São Geraldo, 67 - Belo Horizonte. No Catálogo Geral leva o número 01120/0B. ISBN: 85-319-0738-1.